ro
ro
ro

Ralf Günther, 1967 in Köln geboren, studierte Theater-, Film- und Fernsehwissenschaft in seiner Heimatstadt und ist seither als Schriftsteller und Drehbuchautor tätig. Er schreibt Krimis und historische Romane und arbeitet als Autor fürs Fernsehen und Kabarett, u. a. belieferte er Hape Kerkeling, Harald Schmidt und Dirk Bach mit Gags. Ralf Günther lebt mit seiner Familie in Dresden.

RALF GÜNTHER

Ach du fröhliche

EIN WEIHNACHTSROMAN

Rowohlt Taschenbuch Verlag

Originalausgabe
Veröffentlicht im Rowohlt Taschenbuch Verlag, Reinbek
bei Hamburg, November 2011

Umschlaggestaltung any.way, Cathrin Günther
(Illustrationen: Niko Reitze de la Maza)
Satz Fleischmann PostScript, InDesign,
bei Pinkuin Satz und Datentechnik, Berlin
Druck und Bindung CPI – Clausen & Bosse, Leck
Printed in Germany
ISBN 978 3 499 25779 7

MIX
Papier aus verantwortungsvollen Quellen
FSC® C083411

Das für dieses Buch verwendete FSC®-zertifizierte Papier
Lux Cream liefert Stora Enso, Finnland.

FÜR FELIX,
BENJAMIN
UND KARLA

«O DU FRÖHLICHE», jubilierte es aus dem Lautsprecher über der Baumarktaufsicht. «O du selige-he …»

Die Pistolenmündung, in die Romy Menzel starrte, sah nicht nach ‹O du fröhliche› aus. Eher nach ‹Bye Bye Love›.

«Heilige Scheiße!», entfuhr es Romy. Der Typ, der vor ihr stand, trug ein Weihnachtsmannkostüm. Und ließ sich von ihrem Fluch nicht beirren.

«Her mit der Kohle!» Dunkle Augen blitzten über dem Zuckerwattebart. Dazwischen ragte eine Nase, an der man Handtücher hätte aufhängen können. Dritter Gang links, hinter dem Kleinmetall, dachte Romy, Badzubehör.

«Mach schon!», zischte der Weihnachtsmann.

«Menno!», sagte Romy und schob ihren Kaugummi in die andere Backe, «weißt du eigentlich, was heute für ’n Tag ist?»

«Klar. Heiligenbimbam», erwiderte der Weihnachtsmann. «Oder wie ihr das nennt. Die Kassen sind jedenfalls vollgestopft wie Superdöner.»

Irgendetwas an seiner Art zu reden kam Romy vertraut vor.

«Gnadenbringende Weihnachtszeit», schepperte es weiter aus dem Lautsprecher. Früher hatte Romy immer «knabenbringende» verstanden. Und es für schwer in Ordnung gehalten, dass wenigstens an Weihnachten kein

Mangel an Jungs herrschen sollte … Dieser Heiligabend hatte ihr allerdings keinen Knaben, sondern einen ziemlich schrägen Vogel beschert. Wenn sie das ihrer Freundin erzählen würde! Oder noch besser: den Fernsehteams, die hier sicher bald auftauchen und ihre Geschichte ganz groß herausbringen würden.

Romy fasste Mut. Als künftiger Fernsehstar durfte sie sich jetzt keine Blöße geben. «Hast du sie noch alle?», hielt sie dem rot-weißen Räuber entgegen. «Normalerweise bringst du Geschenke! Die Leute bekommen etwas von *dir*.»

Zitternd senkte der Weihnachtsmann den Lauf der Pistole auf ihre Brust. Romy starrte auf den Schießprügel. So war das natürlich nicht gemeint, dachte sie. Wenn der Typ mich jetzt abknallt, kann ich schließlich keine Interviews mehr geben. Außerdem mal ganz ehrlich: Als Leiche sieht man im Fernsehen doch superscheiße aus. Meistens liegt ein Tuch über einem oder ein aufgetrennter Müllsack. Oder eine Abdeckplane für Sandkästen, die sie hinten aus den Regalen holen, weil der Notarzt seine mal wieder vergessen hatte. Etwas, das verbergen soll, wie tot man ist. Plötzlich kam ihr der Kaugummi sehr klebrig vor. Immerhin lag die komplette Tageskasse hinter ihr auf dem Tisch – abholbereit für den Sicherheitsdienst. Die gesamten Einnahmen des 24. Dezember in mausgrauen Kasseneinsätzen. Kaum zu glauben, wie viele Menschen das Fest der Liebe in einem Baumarkt anbrachen! Und sie kauften! Wie die Bekloppten! Christbaumständer, Kettensägen, Lenkradschoner, Massagebezüge für Beifahrersitze. Sogar Klobürsten. Bei dem Gedanken, wie jemand eine in Geschenkpapier mit Sternchen und Monden eingewickelte Klobürste auspackt, musste Romy unwillkürlich grinsen. Was den Weihnachtsmann endgültig aus der Fassung brachte.

«Wenn du hier anwachsen willst, sag Bescheid, dann hol ich Dünger aus der Gartenabteilung!»

Romy blinzelte in die Überwachungskamera, die schräg gegenüber unter der Decke hing. Der direkte Draht zum Polizeipräsidium. Sie trat einen Schritt zur Seite. Nun musste sie voll im Bild sein. Sie lächelte in die Linse und hob – ganz langsam – beide Hände.

Am anderen Ende der Datenverbindung saß Polizeimeister Bernd Schaaf. Gebannt starrte er auf den Überwachungsbildschirm, als hätte Angelina Jolie dort gerade bekanntgegeben, ihr nächster Film werde ein Hardcore-Porno. Und für die Presse schon mal ein paar Stellungen vorgeführt.

Schaafs Kinnlade fiel herunter – genau so wie der Streifen Lametta, den er gerade mit seinem Lieblingsmagneten – einem drallen Schweinchen im Spitzenrock – an den Monitor klemmen wollte. Und das, obwohl auf der Mattscheibe gar nicht Angelina Jolie zu sehen war, sondern eine gewöhnliche Kassiererin.

In ihrer orangefarbenen Baumarktkluft sah sie aus wie ein Bonbon in einer exotischen Geschmacksrichtung: Mangrove-Plutonium – etwas in der Art. Außerdem streckte sie beide Hände kerzengerade in die Luft und fixierte etwas oder jemanden außerhalb des Aufnahmewinkels der Kamera: ihr Gegenüber.

«Bernd, komm rüber! *Drei Nüsse für Aschenbrödel* fängt gleich an», rief einer der Kollegen aus dem Aufenthaltsraum. Der Dienst an Heiligabend war in etwa so beliebt wie die Stadioneinsätze beim Lokalderby. Aber hier war es wenigstens warm, es gab einen neuen Flachbildschirm im Garagentor-Format und: *Drei Nüsse für Aschenbrödel*!

«Was treibt die da?», murmelte Bernd, obwohl er die Antwort längst kannte. Doch getraute er sich nicht, Alarm zu schlagen.

«Vielleicht rasiert sie sich die Achselhöhlen?»

Bernd zuckte zusammen. Er hatte nicht bemerkt, dass Steffen, sein Vorgesetzter, hinter ihn getreten war.

«Durch die Bluse?», fragte Bernd unsicher.

«Nein, du Vollidiot», knurrte Steffen und gab ihm einen Klaps auf den Hinterkopf. Und im gleichen Moment hörte Bernd ihn auch schon zu den Kollegen rüberbrüllen: «Raus aus der Muffbude, aber dalli! Stress im Baumarkt!»

Der Chef erntete nur schallendes Gelächter. Ein Überfall? An Heiligabend? Träum weiter! Außerdem hatten es sich die Kollegen doch gerade erst mit ihrem Eierpunsch gemütlich gemacht.

«Kommt doch her und schaut euch das selbst an!», rief Bernd vom Monitor aus. Während er noch das Lametta zur Seite schob, drängelte sich auch schon die komplette Heiligabendbereitschaft hinter ihm zusammen. Alle sahen zu, wie die Arme der orangefarbenen Bonbonniere in einem Tempo nach unten sausten, bei dem man sich über Kondensstreifen an ihren Fingerspitzen nicht gewundert hätte. Und dann entdeckten sie – ganz unten im Bild – etwas, das auch den letzten Zweifel so sicher auslöschte wie die Niagarafälle eine Streichholzflamme: Eine Hand, die eine Pistole hielt. Großes Kaliber. Schlagartig war es still. Der Schütze stand im toten Winkel, nur der Lauf seiner Waffe ragte ins Bild. Man konnte es beschönigen oder verharmlosen, doch Steffens gellende Stimme brachte es auf den Punkt: «Überfall!»

Der Knall überraschte Romy. Dann ein irres Pfeifen dort, wo die Kugel die Luft zerriss. Mit einem trockenen «Plock» durchschlug sie das Blechdach der Aufsichtsbude. Allerdings erst, nachdem sie «O du fröhliche» den Garaus gemacht hatte. Glatter Durchschuss. Der Lautsprecher wankte, ächzte und kippte getroffen von der Wand. Kein Ton mehr. Romy würgte, ging in die Knie, fasste sich an den Hals. Der blöde Kaugummi! Sie hustete, schluckte, hustete, doch er steckte in der Kehle fest!

«Echt jetzt mal!», sagte der Weihnachtsmann, offenbar über sich selbst erstaunt. Dann besann er sich auf seine unweihnachtliche Rolle. «Hast du endlich kapiert, dass ich's ernst meine?»

Romy hustete sich die Seele aus dem Leib.

«Hey», sagte der Weihnachtsmann, «hör auf damit!»

Romy winkte ab. Sie schnappte nach Luft. Röchelte. Der Weihnachtsmann wurde nervös. «Hör auf zu husten! Mich legst du damit nicht rein!»

Endlich war der Kaugummi runter. Gerade in dem Moment, als der Typ wieder seine Waffe auf sie richten wollte. Entnervt blickte Romy ihn an. «Nur nicht nervös werden!», krächzte sie mit rauer Kehle.

«Du lässt jetzt verdammt noch mal die Scheißarme unten!», zischte der Weihnachtsräuber.

Romy nickte. Ihr Hals tat weh. Aber der Weihnachtsmann kannte kein Mitleid und zog ruppig seinen Stiefel durch. «Du schmeißt jetzt die Kasseneinsätze vor dich auf den Boden, kapiert?»

Und in diesem Augenblick wurde Romy klar: Der kannte sich aus! Dieser abgefahrene Weihnachtsmann wusste ganz genau, was er tat: Auf dem Boden konnte ihn die Kamera nicht erfassen!

«Jetzt mach schon, mein Parkschein läuft ab!»

Mit der Pistole deutete er auf die Stelle, wo die Geldkassetten landen sollten. Eine nach der anderen nahm Romy sie vom Tisch und warf sie vor sich auf den Boden. Die Münzen schepperten in ihren stabilen, grauen Gehäusen. Wie wollte er die Dinger überhaupt aufkriegen? Ach was, war das ihr Problem? Hatte sie nicht genügend eigene? Zum Beispiel, diesen Überfall zu überleben?

«Geht doch!», sagte der Weihnachtsmann und ging vor ihr auf die Knie. Dabei warf er einen prüfenden Blick in Richtung Kamera. Und wie der sich auskannte! Ein junger Typ, sicher nicht unattraktiv unter dem Kostüm, schlank, muskulös. Seine Bewegungen geschmeidig. Und diese dunklen, funkelnden Augen! Romy seufzte. Dann ging auch sie in die Hocke. Der orangefarbene Kittel spannte um ihre Hüften. Vorsichtig suchte sie Blickkontakt. «Hey, das bringt doch nichts», mahnte sie. «Geh nach Hause! Ich werd dich nicht verraten.»

«Los, hoch! Hinstellen!», brüllte der Typ hysterisch und pikte Romy mit dem ausgestreckten Zeigefinger vor die Brust.

Romy sprang auf und riss reflexartig die Arme wieder nach oben.

«Runter die Arme, sag ich dir, hadi yalla!», schrie er nervös.

Hadi yalla? – Romy wurde heiß, ihr Gesicht lief rot an. Scheiße, der Typ, der sie gerade überfiel – das war Ferat! Der Weihnachtsmann war Ferat! Die Geschäftsleitung hatte ihn vor anderthalb Monaten gefeuert, weil er einen Testeinkäufer beleidigt hatte. Und jetzt war er wieder da. Eigentlich hatte sie ihn immer gemocht, den hübschen Ferat mit den Funkelaugen. Ja, diese Augen, kein Zweifel!

In diesem Moment richtete sich der Weihnachtsmann auf. Schweiß perlte auf seiner Stirn. Mit der Sorgfalt eines Eichhörnchens, das kurz vor Wintereinbruch die letzten Nüsse zusammenklaubt, hatte er alle Geldkassetten in den Sack gesammelt. Romys Fingernägel wanderten die Tischkante entlang, Richtung Alarmknopf. Vor ein paar Tagen erst hatte sie sich in *Ninas Nagel Nestchen* für viel Geld Glitzersterne daraufkleben lassen. Romy liebte ihre langen Fingernägel – sie machten einfach so viel mehr her als kurze. Allerdings auch deutlich mehr Lärm.

«Tu's nicht», zischte Ferat mit den Funkelaugen. «Ich verschwinde und lass dich in Ruhe!» Als sie nicht reagierte und ihre Finger wie eine steppende Spinne weiterklackerten, schrie er: «Ich kann dich doch nicht abknallen, Romy!»

Entsetzt sah sie Ferat in die Augen. Wenn in diesem Moment ein Komet in der Nachbarschaft eingeschlagen wäre – sie hätten es nicht bemerkt. Es war, als umfinge sie ein Zauberbann. Romys Zeigefinger verharrte zitternd über dem Alarmknopf.

Dann ließ sie die Fingerspitze entschlossen niedersausen. Der Nagel brach mit einem satten «*Knack*».

«Nein!», schrie Romy und sackte in sich zusammen.

Gleichzeitig begann die Alarmglocke zu schrillen: über das verwaiste Außengelände, durch die leeren Hallen und Flure des Baumarkts, über Grillkohle, Mehrfachstecker und Raumbedufter hinweg – hinaus in den winterdunklen Nachmittag.

«Scheiße!», fluchte Ferat und schwang den schweren Sack scheppernd auf den Rücken. Er wandte sich um, stürmte zum Ausgang und trat die Tür auf. Schnee wirbelte herein. Romy, die gerade im Begriff war, das Bewusstsein zu verlieren, warf er einen letzten, flehenden Blick zu: «Verrat mich nicht, bitte, ey!»

Polizeihauptmeister Steffen Laurus sprang in den Streifenwagen und verhedderte sich in einer Girlande aus künstlichem Tannengrün. «Sag bloß, du hast sogar den Wagen geschmückt?», bellte er, während er das Kunststoffgeflatter grob zur Seite riss.

«Ich mag's halt gern gemütlich», stammelte Bernd Schaaf und stieg mit hochrotem Kopf auf der Beifahrerseite ein.

«Im Einsatzwagen?», keifte Steffen.

Bernd zog die Tür zu und machte sich in seiner Ecke klein. «Außen hält's doch nicht.»

«Aus dir wird nie ein echter Polizist!» Steffen machte wieder einen auf John Wayne. Er schnippte die Zigarette weg und sagte: «Aus dir wird nie ein richtiger Cowboy!»

Bernd presste die Lippen zusammen, sah seinen Chef an, dann brach es aus ihm heraus: «Ich will kein Cowboy werden. Ich will zur Kripo, ins Betrugsdezernat – dazu braucht man Köpfchen.»

Steffen schnaubte verächtlich. «Wenn du was mit Köpfchen machen willst, dann werd Friseur!»

Ich werde es dir schon noch beweisen, dachte Bernd. Dann muss ich mir keine dummen Sprüche mehr anhören, Mister Möchtegern-Sheriff! Jetzt allerdings war Bernd auf Verbrecherjagd. Und dieser Gedanke ließ den Groll auf seinen Chef schnell wieder verpuffen. Überhaupt: Sein ausgeprägter Sinn für Gerechtigkeit, die Überzeugung, in diesem Moment genau das Richtige zu tun – das war es doch, weshalb er Polizist geworden war. Also: Worauf warteten sie noch?

Hinter ihnen hupte es. Ulf und Ingo – im zweiten Streifenwagen – winkten ungeduldig. Steffen zeigte ihnen den Mittelfinger. Dann schaltete er das Blaulicht an und presste das Gaspedal gegen das Bodenblech.

Jobst Bethmann drückte auf den Knopf der Fernbedienung. Mit leisem Summen begann die CD zu rotieren. «Es ist ein Ros' entsprungen ...», klang es aus den Boxen der Stereoanlage. Ah, jetzt kann Weihnachten beginnen, dachte er. Ein Blick auf die Uhr: Alles pünktlich erledigt – Zeit, seine Frau zu rufen.

«Keeeerstin! Er steht!»

Verschwitzt, mit zum Pferdeschwanz gebundenem Haar kam Kerstin aus der Küche. Auch in diesem Jahr war sie wieder für einige wenige Stunden in die Rolle der perfekten Hausfrau geschlüpft. Jobst zuliebe. Weil Weihnachten eben Weihnachten war – und nicht das wahre Leben. Die übrigen 362 Tage des Jahres stand Kerstin ihren Mann als Chefin der PR-Abteilung eines angesagten Herstellers von Herrenunterwäsche. Jobst dagegen arbeitete als ‹fester freier› Spielentwickler für einen der größten europäischen Hersteller von Brettspielen. Vor fünfzehn Jahren hatte er mit *Mutabo* einen echten Hit gelandet. Spiel des Jahres, sechsstellige Auflage, alles, was dazugehört. Es war Jobsts Durchbruch im Spielebusiness und die Entscheidung, einen Beruf, den niemand wirklich ernst nahm, zur Grundlage seiner Existenz zu machen.

Sofern er nicht gerade Spiele entwickelte oder testete, managte er den Haushalt inklusive Sohn. Inzwischen eine gute Kombination. Es hatte auch schwierige Jahre gegeben. Jahre, in denen Max ohne Unterlass durch die Wohnung gekrabbelt war und alles, was entfernt an ein Spiel erinnerte, in seine Grundbausteine zerlegte, um sie in den Mund zu stecken.

Das war die kritischste Phase in der väterlichen Kindererziehung gewesen, denn Jobst war ein Kniffler und spezialisiert auf hochausgefeilte 3-D-Brettspiele. Eine Gattung, die sich in letzter Zeit mit Zähnen und Klauen gegen die stylischen Computervarianten verteidigen musste. Jobst aber war, was Spiele anbelangte, vom alten Eisen. Bei ihm war die erste Version eines Spieles immer noch handgemacht – aus Pressspan und Knetfiguren. Oben im Dachstudio wartete seine neueste Schöpfung, *Reise nach Jerusalem*, auf ihre Vollendung: drei horizontale Ebenen, pyramidenartig übereinandergebaut, die sich mit jedem Spielzeug veränderten. Ein erster Probelauf mit Max hatte weniger mit einer Reise nach Jerusalem zu tun gehabt, sondern mehr mit der Irrfahrt des Odysseus. Das war Jobst klitzekleine Charakterschwäche: Er liebte das Einfache, war aber selbst reichlich kompliziert.

«Na», fragte Jobst in banger Erwartung der Meinung seiner Frau, «wie sieht er aus?»

Es war ein räudiger Baum, daran gab es nichts zu deuteln. Aber Kerstin achtete bei der Auswahl nicht auf Ästhetik. Im Gegenteil. Von allen angebotenen Weihnachtsbäumen wählte sie zielsicher denjenigen mit dem höchsten Mitleidsfaktor. (Ganz anders als bei der Auswahl ihrer Wäschemodels ...) Sie wollte keinen schönen Baum, sie wollte etwas Gutes tun. Eine verlorene Baumseele retten. Man musste kein Sadist sein, um sich ausmalen zu können, wie es den übriggebliebenen Weihnachtsbäumen erging. Vermutlich gab es finstere Orte unter Autobahnbrücken, wo Wagenladungen von ausgemusterten Nordmanntannen verklappt wurden. Oder an die CIA ausgeliefert. Brutal entzweigt und geschält. Vielleicht wurden sie auch nur zu Einstreu für Kaninchenkäfige zerschreddert oder in Beton eingegossen und im Hafenbecken versenkt. Was es auch war – dieses eine Exemplar hatte Kerstin davor bewahrt. Und dafür liebte Jobst seine Frau.

«Das hast du toll hingekriegt», sagte Kerstin und fuhr Jobst mit der Hand durchs Haar. «Steht wie eine Eins, würde ich sagen.» Obendrauf gab es noch einen Kuss auf die Wange. Vor lauter Stolz wuchs Jobst um einige Zentimeter – schließlich hatte er das Problem auf Männerart gelöst: Mit Hilfe von zwei Spanngurten, einigen Gepäckspinnen und in die Decke gedübelten Haken hatte er das krummwüchsige Bäumchen halbwegs in eine senkrechte Haltung gestreckt. Unten steckte der Wurzelballen in einem schweren Keramiktopf. Der hielt es – unterstützt vom Newton'schen Gravitationsgesetz – am Boden und verhinderte, dass die Spanngurte es durch die Zimmerdecke katapultierten.

Zufrieden sortierte Jobst das Werkzeug zurück in den Kasten. Dann wuchtete er ihn hinter den Baum – für den unwahrscheinlichen Fall, dass im Laufe des Abends noch einmal schweres Gerät gebraucht wurde. Zur Tarnung legte er ein paar abgesägte Zweige darüber.

«Apropos schmücken», mischte Sohn Max sich ein, der im unteren Tannendickicht herumwuselte und dabei die ersten Bienenwachskerzen (Öko-Test: sehr gut) wieder aus den Halterungen warf. «Warum eigentlich immer nur Kerzen und Kugeln? Gibt es keine spannenderen Sachen zum Dranhängen? Wie wär's mit … Chinaböllern?»

«Sehr witzig!», kommentierte Kerstin kopfschüttelnd. «Bei euch Männern muss es immer gleich krachen.»

Jobst hob eine Augenbraue und sah seine Frau herausfordernd an: «Wieso eigentlich nicht? Ein paar Chinaböller am Baum, und das Fest wird ein echter Knaller.»

«Jobst!», ermahnte ihn Kerstin. «Du weißt ganz genau, dass man im Zimmer kein Feuer machen darf!» Damit meinte sie natürlich Max. Wobei – ab und an war Jobst sich gar nicht so sicher, ob Kerstin nicht auch ihn für ein etwas groß geratenes Kind hielt. Zumindest behandelte sie ihn manchmal so. Mochte sein, dass es an seinem Beruf lag. Umso mehr bemühte sich Jobst, die Erfindung von Spielen sehr ernst zu nehmen. Schließlich lebte ein ganzer Wirtschaftszweig von Ideen wie den seinen.

Max war – und das schrieb Jobst auch ein bisschen sich selbst zugute – schwer auf Zack für sein Alter. «Schade», meinte sein Sohn gerade, «aber was machen wir denn dann mit den Kerzen?»

«Die zünden wir natürlich an», beruhigte ihn Jobst, «aber erst einmal hole ich einen Eimer Wasser. Für den Notfall. Und vielleicht ein paar …»

«Jobst!»

«… Wunderkerzen.»

«Au ja», schrie Max und rannte aus dem Zimmer, «und ich hol die Böller!»

«Jobst, wenn hier auch nur ein einziger …»

«Wie weit ist eigentlich die Gans?», fiel er seiner Frau ins Wort.

«Braungebrannt und knusprig», konterte sie schnippisch. «Zum Anbeißen. Fast wie unsere Springtime-Models.»

Jobst versuchte, gleichgültig die Mundwinkel nach oben zu ziehen, aber sein *Damit-kannst-du-mich-doch-längst-nicht-mehr-ärgern-Lächeln* missglückte. So machte sie es immer, wenn sie ihm eins auswischen wollte. Eine kleine Anspielung auf diese überaus angenehme Seite ihres Jobs genügte. Denn Jobst wusste genau, dass sie sich auf das alljährliche Casting für die Frühjahrskollektion freute wie ein pubertierender Teenager auf die neue *Bravo*. Und wirklich kalt hatte ihn diese Tatsache noch nie gelassen.

Er verdrehte die Augen. Jetzt ein falsches Wort, dachte er, und schon haben wir das schönste Heiligabend-Ehescharmützel. Also hielt er den Mund. Damit war Kerstins Triumph eigentlich schon perfekt, doch der kleine Teufel in ihr verführte sie, noch einen winzigen Schritt weiterzugehen. Sie stemmte die Hände in die Hüften und schob aufreizend den Unterleib vor. «*Meine* Gans ist jedenfalls pünktlich. Aber was ist eigentlich mit *deinem* Weihnachtsmann?»

Kurt hatte keine Wahl gehabt, wollte er seinen Anspruch auf Hartz IV nicht verlieren. Als ihn der zuständige Sachbearbeiter fragte, ob er Erfahrung auf dem Gebiet der szenischen Darstellung habe, hatte Kurt sofort den Kopf geschüttelt. Neinsagen war immer das Sicherste. Alles andere konnte in Arbeit ausarten. Nur – diesmal hatte es nicht funktioniert.

«Nicht schlimm», fuhr der Sachbearbeiter fort, gnadenlos optimistisch, wie immer, wenn er gerade frisch von einer Fortbildung zurück war. «Das ist nicht schwer! Sie erinnern sich doch an Ihre Kindheit? Sicherlich haben Sie in Ihrer Familie auch Weihnachten gefeiert?»

Kurt schüttelte den Kopf.

«Nicht?» Irritiert blätterte der Sachbearbeiter in den Akten. «Ah, ich sehe, ihr Vater saß bis zu Ihrem sechzehnten Lebensjahr im Gefängnis …»

Kurt nickte stumm.

«… aber sicherlich gab es doch weihnachtliche Momente. Augenblicke der Fröhlichkeit, des Glücks …» Der Optimismus des Beraters begann bereits zu versiegen.

«Heiligabend durften wir ihn besuchen», murmelte Kurt endlich. Seine Tränensäcke hingen ihm dabei fast bis auf die Wangen.

«Na, sehen Sie», sagte der Sachbearbeiter tapfer. «Da

haben Sie doch sicher auch den Geist der Weihnacht verspürt ...»

«Sie meinen, während uns der Alte ankeifte, wir sollen verschwinden?»

Der Sachbearbeiter verstummte und schlang seinen Schal etwas enger um den Hals. Kurt schnäuzte zufrieden in sein zerfleddertes Stofftaschentuch. Er genoss es, diesen Typen, deren Leben sich scheinbar unter den schattigen Palmen der Punica-Oase abspielte, eine kalte Dusche Realismus zu verpassen.

«Wollen Sie behaupten», fragte der Berater mit feuchten Augen und brüchiger Stimme, «dass Sie während Ihrer gesamten Kindheit kein einziges Weihnachtsgeschenk bekommen haben?»

Kurt verdrehte die Augen gen Himmel.

«Wissen Sie was», brach der Berater nach einer Weile das betretene Schweigen und klappte geräuschvoll die Akte zu. «Das macht überhaupt nichts. Für Leute wie Sie bieten wir schließlich unsere Kurse an.»

Eine Woche später saß Kurt bereits in einer Weihnachtsmannschulung – zwischen einer Handvoll älterer Herren, die allesamt als schwer vermittelbar galten und deren Akten beim Jobcenter das interne Kürzel *M. I.* (für *Mission Impossible*) trugen. Vor ihnen stand ein sogenannter Weihnachtsmanntrainer, der gerade erklärte, wie die lehrbuchmäßige Bescherung abzulaufen hatte. Alle Weihnachtsmannanwärter steckten in Weihnachtsmannmänteln, Weihnachtsmannstiefeln, Weihnachtsmannbärten. Sie schwitzten erbärmlich, aber die praktischen Übungen sollten unter möglichst authentischen Bedingungen stattfinden. Auf der Brust trugen alle ein Stück Kreppband mit ihrem Namen. Klaus, der immer aneckt, und den Kurt aus Zeiten kannte, als das «Jobcenter» noch «Arbeitsamt» hieß, bekam prompt ein Problem mit dem Seminarleiter.

«Hey, Sie Scherzkeks, Sie sollen Ihren echten Namen draufschreiben», blaffte der ihn an.

«Aber das ist mein richtiger Name. Ich heiße Klaus Santer. Oder Santer, Klaus. Wie Sie wollen. So steht's auch im Personalbogen.»

«Santer Klaus?» Das Gesicht des Seminarleiters war rot angelaufen. «Mit einem solchen Namen können Sie Komiker werden!»

«Sind Sie sicher, dass in dem Bereich was frei ist? Ich möchte nicht, dass Sie Ihren Job verlieren», entgegnete Klaus Santer, und alle angehenden Weihnachtsmänner kicherten in ihre Bärte.

Der Trainer überging die Bemerkung und wandte sich wieder seinem Flipchart zu. Mit quietschendem Edding notierte er die drei wichtigsten *Character Items*, die ein Weihnachtsmann – seiner Meinung nach – mitbringen musste.

«Seriosität», sagte er, «Humor und Umsicht.»

«Und eine tiefe Stimme», ergänzte Klaus Santer.

«Einen großen Sack», rief Kurt hinein.

«Rentierschlitten!»

«Geschenke!», rief irgendwer.

«Ich rede von den *C. I.s*, den *Character Items*. Zu den *P. U.s*, den *Personal Utilities*, kommen wir später», erklärte der Seminarleiter zunehmend genervt.

«Wenn du mich fragst, ist das alles *S. Z.*», flüsterte Klaus und beugte sich zu Kurt hinüber, «*Sinnloses Zeugs*.»

Beide brachen in meckerndes Gelächter aus.

«Ruhe», blaffte der Seminarleiter. «Ich glaube, es macht mehr Sinn, wenn wir mit einer praktischen Übung beginnen. Wie wär's mit einem kleinen Rollenspiel?»

Geraune im Kreis der angehenden Weihnachtsmänner. Man hatte das Schlimmste befürchtet – und in diesem Moment wurde es hämisch grinsende Wirklichkeit. Jeder senkte den Kopf und hoffte, dass es nicht ihn erwischte.

«Also, ich bin das Kind», sagte der Seminarleiter. Dann zeigte er ohne zu zögern auf Kurt. «Und Sie sind der Weihnachtsmann. Ich sage: Lieber Weihnachtsmann, was hast du mir denn mitgebracht? Und Sie sagen – was?»

«Ich sage: Erst ein Gedicht.» Beifallheischend schaute Kurt in die Runde. Das war ein Volltreffer! Die angehenden Weihnachtsmänner nickten anerkennend.

«Gut ... äh ...», sagte der Schulungsleiter, «mir fällt jetzt gerade keins ein. Aber gehen wir mal davon aus, ich hätte eins aufgesagt ...»

«Gut ...», antwortete Kurt, «dann gehen wir mal davon aus, ich hätte schon alle Geschenke verteilt.» Mit einem Plumps ließ er sich wieder auf den Stuhl fallen. Warum sollte er dem auch noch Geschenke bringen? Sicherlich verdiente er sich an dieser lausigen Schulung schon eine goldene Nase.

«Moment mal!», gellte die Stimme des Seminarleiters.

Immer wieder musste er dem Trainer Luftgeschenke bescheren, ihm sanft über den Kopf streicheln und «Mein lieber Junge» sagen. «Aus Ihnen wird nie ein richtiger Weihnachtsmann!», hatte der Seminarleiter schließlich gestöhnt – und Kurt auf seinen Platz zurückgeschickt. Dennoch erhielt Kurt die «Weihnachtsmannlizenz». Mit teuflischem Grinsen überreichte sie ihm der Trainer zum Abschluss des Kurses. Ausgestellt aus reiner Boshaftigkeit. Unterschrieben mit: Gabriel Engel. Und so einer machte sich über Klaus Santer lustig.

«Warum nicht gleich Hans Gott?», hatte Kurt ihn gefragt. Da hatte der Trainer sämtliche Leitfäden für Seminarleiter vergessen: «Ich wünsche Ihnen», schrie er, «die furchtbarste Bescherung, die man sich vorstellen kann!»

Hätte Kurt an Flüche geglaubt, wäre er in diesem Moment sehr blass geworden. Doch wer ohnehin im Leben immer Pech hatte, kam ohne Flüche aus. So war es nun einmal: Die einen standen auf der Sonnenseite des Lebens, die anderen ohne Schirm im Regen – Pardon, im Schneematsch.

Kurt trat aus dem Jobcenter und zog sofort den Kapuzenkragen enger, um die eisige Nässe fernzuhalten. Die anderen Kursteilnehmer hatten bereits vor einer Stunde gehen dürfen, und jetzt musste Kurt zu allem Überfluss auch noch zusehen, wie ihm der Bus vor der Nase wegfuhr. Der einzige für die nächste Dreiviertelstunde. Einen Moment lang wallte die Wut in ihm auf, aber schon in der nächsten Sekunde ließ er sich resigniert auf die Bank des Wartehäuschens fallen. Es war nie anders gewesen. Andere Leute glänzten mit schicken Visitenkarten, er zog immer bloß die Arschkarte.

«Peng, du bist tot!»

Jobst wirbelte herum wie eine zweiarmige Windmühle. Er hatte gerade auf Zehenspitzen versucht, die allerhöchste Kerze am Christbaum anzuzünden, als ihn die Stimme aus dem Hinterhalt überraschte. Das Streichholz in seiner Hand war erloschen, aber das war ihm erst einmal egal. Gleichgewicht wiederfinden hatte oberste Priorität. Als er endlich festen Stand hatte, drehte er sich vorsichtig um. Max lauerte am Fuß der Bockleiter und streckte ihm den Lauf einer Pistole entgegen.

«Warum schenkt Opa dir eigentlich jedes Jahr ein Kriegsspielzeug?», fragte Jobst entnervt.

«Weil er mich lieb hat?», vermutete Max. «Weil er weiß, dass ich mich darüber freue?»

«Oder weil er mich hasst. Weil er weiß, dass ich mich darüber aufrege», murmelte Jobst mit zusammengepressten Zähnen.

«Warum regst du dich jedes Jahr darüber auf?», fragte Max.

«Weil es eine Provokation ist!», donnerte Jobst. «Spiele sind für mich etwas, das Frieden stiftet. Kinder lernen, Regeln einzuhalten, Streit friedlich zu schlichten – so etwas ... ja.»

Max dachte lange nach. «Was ist eine Provokation?»

Jobst atmete tief durch und stieg von der Leiter. «Wenn man etwas sagt oder tut, von dem man weiß, dass es den anderen verletzen wird.»

«Aber Wasserpistolen verletzen niemanden. Du hattest selber deinen Spaß, letzten Sommer im Freibad», erinnerte sich Max.

«Wasserpistolen sind ein anderer Fall. Man sieht gleich, dass sie ein Spielzeug sind. Aber die hier», und Jobst wollte sie in die Hand nehmen, doch Max gab sie nicht her, «die hier sieht aus wie eine echte Pistole!»

«Das ist ja gerade das Coole!»

Jobst verstand, was Max meinte. Aber er hatte sich nun einmal für die Position des Moralapostels entschieden und wollte partout nicht davon abrücken. «Echte Waffen sind böse. Sie bringen Unheil und Verderben. Das passt nicht zu einem Friedensfest. Und es passt nicht zu uns. Ich hasse diese Dinger!»

«Waffen sind cool», widersprach Max, «und die hier ist extrem cool, denn die kann sprechen!» Zum Beweis zog Max erneut den Abzug. «Peng, du bist tot!», schepperte die elektronische Stimme. Jobst stöhnte auf, fasste sich an die Brust und sank aufs Sofa.

«Wann gibt's eigentlich die anderen Geschenke?», fragte Max unvermittelt.

Jobst winkte den Sohn zu sich aufs Sofa. «Erstens», erklärt er geduldig, «sind Geschenke nicht das Wichtigste an Weihnachten ...» Max nickte ungläubig. «Und zweitens», fuhr Jobst mit einem beunruhigten Blick auf seine Armbanduhr fort, «müsste der Weihnachtsmann jeden Augenblick vor der Tür stehen.»

«Aha», schloss Max. «Der Weihnachtsmann richtet sich also nach deiner Uhr?»

Jobst schüttelte den Kopf.

«Peng, du bist tot!»

Geduldig schob Jobst den Lauf der Spielzeugpistole zur Seite. «Schau, Mäxchen, wir haben vor ein paar Tagen mit dem Weihnachtsmann telefoniert ...»

«Der Weihnachtsmann hat ein Handy?» Max' Augen glänzten. Ein Handy stand ziemlich weit oben auf seiner Wunschliste. «Mit Tatsch?»

«Nun ja», Jobst war sich nicht sicher, ob ein Handy mit

Touchscreen wirklich zum Image des Weihnachtsmanns passte …

«Kannst du mir seine Nummer geben?»

Jobst kratzte sich am Kopf. «Seine Nummer ist … geheim.»

Max zog eine Miene, die unmissverständlich ausdrückte: Ich weiß genau, dass du mich für dumm verkaufst!

Jobst schaute ratlos zu Boden und setzte erneut an. «Er hat uns jedenfalls verraten, dass er in ungefähr», Blick auf die Uhr, «fünf Minuten hier erscheinen wird.»

Max schwieg nachdenklich, ließ aber seinen Vater nicht aus den Augen. Dann sagte er: «Da hast du aber nicht mehr viel Zeit zum Umziehen!»

«Max», nahm Jobst den väterlichsten aller Tonfälle an, «ich habe dir doch schon erklärt, dass ich nicht der Weihnachtsmann bin.»

«Nein. Natürlich nicht. Den Weihnachtsmann gibt es nicht. Du spielst ihn nur!»

Jobst runzelte die Stirn. «Wer hat dir das erzählt?»

«Michi hat es schon letztes Jahr gesagt. Und Jonas sagt es auch, und der ist eine Klasse über uns.»

«Hör zu, Max, wir sind deine Eltern. Warum sollten wir dich belügen?», versuchte Jobst es auf dem Pfad der Logik.

Max warf seinem Vater einen kritischen Blick zu. «Warum sollte der Weihnachtsmann sein Kostüm ausgerechnet bei uns in der Garage verstecken?»

«Hast du …? Ich meine … Was fällt dir ein, in der Garage herumzuschnüffeln?»

«Ich habe nur meine Garteneisenbahn gesucht», verteidigte sich Max.

Gegen diese großen, unschuldig schauenden Augen war Jobst machtlos. Und hatte er sich nicht immer einen neugierigen, schlauen, aktiven Jungen gewünscht? Er konnte doch eigentlich stolz sein auf diesen Sohn! Jobst seufzte aus tiefem Herzen.

«Tatsache ist», fuhr Max fort, «dass der falsche Bart genau derselbe ist, den er letztes Jahr trug. Mit einer braunen Gummistrippe. Und das Kostüm hat genauso gestunken wie im letzten Jahr.» Max beobachtete den Vater forschend.

«Ich hoffe, du hast es wieder eingepackt!», wich Jobst aus.

«Schon.» Max nickte. «Aber als ich vom Regal geklettert bin, ist mir die kaputte Flasche mit dem Grillanzünder draufgefallen.»

«Macht nichts.» Jobst zwang sich zu einem Lächeln. Volles Risiko!, dachte er. «Was würdest du sagen, wenn es gleich klingelt und er vor der Tür steht? Magst du dann öffnen?»

«Hm», Max überlegte kurz. «Du bleibst hier sitzen, und der Weihnachtsmann steht vor der Tür?»

«Genau.»

Max versank in tiefes Grübeln.

«Würdest du dann endlich glauben, dass es ihn gibt?», bohrte Jobst nach.

Max legte die Stirn in Falten. «Ich muss die Stiefel sehen. Der Weihnachtsmann hat 46. Deine Größe. Zufall, nicht?»

Jobst nickte versonnen. Der Trampelpfad der Logik war verdammt abgelatscht. Und Max hatte ihn schon entdeckt. Insgeheim musste Jobst Kerstin recht geben. Vermutlich war es richtig gewesen, in diesem Jahr einen Fremdweihnachtsmann zu buchen. Aber wo zum Teufel blieb der?

Ferats Lungenflügel schmerzten. Die Zehnerkarte Fitness XXL hatte wider Erwarten keinen Iron Man aus ihm gemacht. Zumal sie nicht mal zur Hälfte abgestempelt war.

Er schlitterte mehr über den Parkplatz, als dass er rannte. Hastete mit schmatzenden Sohlen die aufgeweichte Böschung hinauf. Die roten Gummistiefel waren für so ziemlich alles besser geeignet als für eine Flucht. Er rutschte aus, glitt wieder abwärts, der schwere Sack zog ihn hinunter. Matsch und Schnee auf dem Kostüm. Er würde es in die Reinigung geben müssen, bevor er es dem Verleiher zurückbrachte. Wieder 'n Zehner weg! Dabei konnte er nicht einmal sicher sein, überhaupt etwas erbeutet zu haben. Was, wenn er die Kassetten nicht aufbekam?

Endlich erreichte er den Scheitel der Böschung. Auf der anderen Seite – vom Baumarkt aus nicht zu sehen – hätte eigentlich mit laufendem Motor das Fluchtauto warten sollen. Eigentlich. Denn die Straße war leer.

«Scheiße!», schrie Ferat in die Winterkälte. Er stand auf der Anhöhe und starrte angestrengt in die trudelnden Schneeflocken, doch weit und breit war kein Auto in Sicht. Die Straße war so verlassen wie die Arktis nach dem Aussterben der Eisbären.

Aus der Ferne vernahm Ferat Polizeisirenen. Ihm

wurde übel. Von der anderen Seite, aus der Einfahrt zum Baumarkt, näherten sich blaue, zuckende Lichter.

«Scheiße! Scheiße! Scheiße!»

Zurück zum Parkplatz konnte er also nicht. In dem roten, wehenden Mantel war er so unauffällig wie eine Drag-Queen auf dem katholischen Kirchentag. Es blieb ihm nur die Flucht nach links, quer übers Feld und in die Neubausiedlung hinein ... Dort, dachte Ferat, würde ein Mann im Weihnachtsmannkostüm am Heiligenbimbam vielleicht nicht weiter auffallen. Inschallah.

Polizeihauptmeister Steffen Laurus beugte sich über die junge Frau, die leblos am Boden lag. Bernd hielt sich hinter Steffens breitem Rücken versteckt. Leichen waren das, was er am Streifendienst mit Abstand am meisten hasste. So etwas gab es beim Betrugsdezernat nicht – hoffte er.

Steffen drehte den Körper der Frau auf den Rücken. «O nein!» Er hob etwas vom Boden auf.

«Erschossen?», fragte Bernd mit bebender Stimme.

«Nein», sagte Steffen tonlos, «abgebrochen.»

«Abge...», Bernd befürchtete das Schlimmste. «Was um Himmels willen ist denn abgebrochen?»

Steffen streckte die Hand vor und zeigte ihm das Corpus Delicti: einen bunt bemalten, mit winzigen Sternchen beklebten Nagelsplitter. Er hob ihn in die Höhe, sodass alle ihn sehen konnten.

«Das arme Mädchen», murmelte Ingo. Steffen ergriff ihre Hand und besah in aller Ruhe ihre Finger, einen nach dem anderen. Er genoss es sichtlich, mal wieder Kontakt zu einem so jungen, weiblichen Wesen aufnehmen zu dürfen. Dann hielt er das Bruchstück gegen den Finger, von dem es abgebrochen war. Kein Zweifel, es war ihr Nagel.

«Ich kümmere mich um die Frau, ihr verfolgt den Kerl», befahl Steffen.

Unwilliges Grummeln.

«Woher weißt du, dass es ein Mann ist?», fragte Bernd.

Alle blickten Steffen erwartungsvoll an. Der Einsatzleiter rang um eine Antwort: «Nun ... ähhm ...», stammelte er, «eine Frau ... würde so was doch nie übers Herz bringen! Einer anderen den Nagel abzubrechen, meine ich.»

Bernd sah in die Gesichter seiner beeindruckt nickenden Kollegen und fragte sich, ob sie ihrem Vorgesetzten tatsächlich glaubten.

Da seufzte die junge Frau. Ihre Lider flatterten. Schon knieten alle um sie herum. Betrachteten sie verzückt, öffneten die obersten Knöpfe des orangefarbenen Baumarktkittels ... Vielleicht würde am Ende noch eine Herzmassage notwendig werden? War es vermessen, das zu hoffen? Schließlich war Weihnachten ...

Aber Steffen wollte die Zeugin für sich. «Ihr hört wohl nicht richtig? Ich sagte: Ihr nehmt die Verfolgung auf!», brüllte er.

Ungläubig musterten die Polizisten ihren Vorgesetzten. Die bewusstlose Frau seufzte erneut und drehte den Kopf zur Seite. Wieder flatterten ihre Lider, als wolle sie die Augen aufschlagen.

«Los jetzt!», schrie Steffen und klatschte in die Hände.

«Müssen wir wirklich?», fragte Bernd.

«Spielverderber!», murmelte Ulf.

«Es geht ihr doch schon besser», haderte Ingo.

In dem Moment schlug das Mädchen die Augen auf. Steffen versuchte es mit seinem charmantesten Lächeln. «Keine Sorge, junge Frau, bei uns sind Sie in den besten Händen.»

Sofort fiel sie wieder in Ohnmacht.

«Seht ihr», sagte Steffen, nach einem kurzen Moment der Irritation. «Traumatisiert.»

«Wäre ich auch, nach dem Anblick!», flüsterte Bernd leise. Die anderen kicherten.

Leider hatte das auch Steffen gehört. Er schrie: «Sehr komisch, ihr Vollidioten! Wenn ihr jetzt nicht auf der Stelle die Verfolgung aufnehmt, könnt ihr morgen im Fundbüro anfangen. Ausschwärmen und Täter suchen! Ich bleibe hier und leiste erste Hilfe!»

Kurt ließ sich erschöpft gegen die Haustür sinken. In seinem Rücken knisterte es. Erschrocken stieß er sich ab und sah im nächsten Moment, was er angerichtet hatte. Der Adventsschmuck, der an einem Haken von der Tür baumelte, war völlig ruiniert. Der Kranz plattgedrückt wie ein missglücktes Omelett. Die kleinen, gläsernen Christbaumkugeln nur noch Splitter! Die Hälfte der Dekoration – ein Berg aus Tannennadeln und bunten Scherben – lag unten auf der Fußmatte.

«Verdammt!»

Kurt unternahm einen kurzen, hoffnungslosen Versuch, den Schaden zu vertuschen, doch dann ließ er Scherben und Nadeln fallen und suchte das Weite. Bei seinem Glück würde die Familie, sobald sie das Malheur entdeckt hatte, noch den Lohn mitsamt Trinkgeld zurückfordern.

Drei Besuche waren absolviert, dreimal hatte Kurt Glanz in Kinderaugen gezaubert. Es war nicht so schwierig, wie er gedacht hatte. Allmählich begann es sogar, ein wenig Spaß zu machen. Kinder waren eigentlich gar nicht so verkehrt. Fast begann Kurt zu bedauern, keine eigenen zu haben. Er fragte sich, wie es wäre, selbst Vater zu sein. Aber dann dachte er an die besonderen Umstände, unter denen er den Kindern heute begegnete. War ja klar, dass sie ihm wohlgesinnt waren, wenn er einen ganzen Sack voller Geschenke dabeihatte. Und den Rest des Jahres machten einem die Gören das Leben zur Hölle! Also lieber Weihnachtsmann als Vater. Da wurde man für seine Güte und Duldsamkeit wenigstens bezahlt. Mit einer energischen Kopfbewegung schüttelte er die absurden Gedanken fort. Er ließ seine Hand in die Manteltasche gleiten. Als er die kalte, glatte Metallhülle des Flachmanns berührte, wurde ihm sofort wärmer ums Herz. Der alte Kumpel flößte ihm Mut ein. Kurt war schließlich kein gelernter Schauspieler, sondern Drucker. Ein Beruf, der immer seltener benötigt wurde – seltener noch als Weihnachtsmänner.

Regelmäßig ein, zwei Schlückchen aus der Pulle machten das Lampenfieber erträglicher. Zugegeben, der Alkohol warf im Gegenzug andere Probleme auf. Einmal war ihm der Name des Kindes entfallen, das auf seinem Schoß saß. Und bei der letzten Familie hatte er mitten in der Bescherung auf Klo gemusst – was für eine Blamage! Wie man in voller Montur eine Toilette aufsucht, das hatte man ihm bei diesem grandiosen Weihnachtsmanntraining natürlich nicht verraten.

Als Kurt nach fast einer halben Stunde von der Toilette zurückgekehrt war, hatte die Familie die Geschenke bereits verteilt. Warum auch nicht? So konnte er gleich zu seinem persönlichen Lieblingsprogrammpunkt übergehen: dem feierlichen Abschluss. Kurz noch den Kindern übers Haar streichen (möglichst ohne dabei an Gabriel Engel zu denken!) und zufrieden vor sich hin brummeln. Und schon konnte er sich wieder auf den Weg machen. Wie immer drückten ihm die Eltern vorher mit dankbarem Lächeln einen Schein in die Hand – Heiligabend öffnete nicht nur Herzen, sondern auch Portemonnaies. Inzwischen hatte sich neben dem Flachmann in seiner Tasche ein hübsches Sümmchen eingefunden, das er seinem persönlichen Berater bei der Agentur ums Verrecken nicht melden würde.

Kurt beschloss, vor seinem letzten Besuch bei Familie – wie war doch gleich der Name? Er holte die zerknüllte Liste hervor und entfaltete sie dicht vor seinen Augen: Bethmann! Familie Bethmann hatte bestimmt nichts dagegen, wenn er noch einmal kurz an der Tanke einkehren würde. Die lag schließlich auf dem Weg. Der Flachmann musste dringend aufgefüllt werden. Außerdem bekam er langsam Hunger. Auch Weihnachtsmänner müssen ab und zu was zwischen die Kauleisten kriegen, dachte Kurt. Er war ohnehin schon eine halbe Stunde hinter der Zeit. Da kam es auf zehn Minuten auch nicht mehr an.

Nachdem Jobst Bethmann eine Klarsichttüte voller Wasserflöhe ins Aquarium gekippt hatte – auch die Fische sollten an Heiligabend nicht darben –, waren für dieses Jahr alle Hausherren-Pflichten erfüllt. In gehobener Stimmung betrat er die feuchtneblige Küche und kam gerade rechtzeitig, um Kerstin das Schnapsgläschen von den Lippen zu nehmen. Er ergriff ihr Handgelenk, drückte ihr einen Kuss auf den Arm und führte dann das Glas an die Nase.

«Eierlikör!»

Kerstin zog ihn an sich und gab ihm einen Kuss. Er schmeckte nach Zucker und Alkohol. Als sich ihre Lippen wieder voneinander lösten, waren sie außer Atem.

«Wenn Max nachher schläft …», begann Kerstin.

«Falls Max heute noch schläft», fiel Jobst ihr ins Wort. «Wenn dieser Typ nicht gleich auftaucht, ist der Abend für uns sowieso gelaufen. Dann wird Max uns bis morgen früh in den Ohren liegen, wo denn der Weihnachtsmann bleibt …»

«Entspann dich, Schatz! Sicherlich wird er jeden Augenblick klingeln.» Der Eierlikör schien Kerstin besänftigt zu haben.

«Das ist wirklich ärgerlich», hielt Jobst an seinem Unmut fest, «das perfekte Weihnachtsfest ist auf dem Weg – und wer fehlt? Der Weihnachtsmann! Ich hätte mich niemals auf so einen Kerl von der Arbeitsvermittlung einlassen sollen. Bestimmt liegt der sternhagelvoll unter irgendeinem Christbaum und weiß nicht mal mehr, dass wir hier warten.»

«Womöglich ist ihm nur etwas dazwischengekommen: eine Fahrzeugpanne oder ein entlaufenes Rentier?», schlug Kerstin kichernd vor. «Sollen wir den ADAC rufen? Oder besser den Tierfänger?»

Jobst zog die Stirn kraus, verkniff sich aber einen Kommentar. Vielleicht war gerade das der Grund, weshalb Kerstin sich bemühte, wieder ernsthaft zu werden. «Er wird schon irgendwann kommen», sagte sie und gab ihm einen Nasenstüber.

«Ich will aber nicht, dass er irgendwann kommt! Ich will, dass er pünktlich ist! Ich will, dass er jetzt kommt. J-E-T-Z-T!»

Kerstin hatte offenbar keine Lust mehr, sich mit Jobsts Problem zu beschäftigen. Schon gar nicht in diesem Ton! Sie drehte ihm den Rücken zu, öffnete die Herdklappe, wedelte den Dunst beiseite und zog die Gans aus der Röhre. Da lag das kapitale Tier in der Bratwanne, braun und knusprig. Die Haut brutzelte, aus den Poren troff Fett. Jobst sah seiner Frau über die Schulter. Aber selbst der Bratenduft konnte seinen Ärger nicht vertreiben.

«Wer eine halbe Stunde zu spät kommt, kommt auch eine Stunde zu spät», sagte er.

«Ja und? Was willst du denn machen?», fragte Kerstin.

Jobst schwieg vielsagend.

«O nein!», sagte sie. «Oooo nein! Das tust du nicht!»

«Warum nicht? Falls er gar nicht mehr kommt.»

«Aber Max nimmt dir das beim besten Willen nicht mehr ab!»

«Ach was. Wenn ich erst mal im Zimmer stehe und mit gaaanz tiefer Stimme sage …»

«Jobst», fiel sie ihm ins Wort, «mach dir nichts vor! Und wenn du für deine Stimme ein Loch bis China bohrst – Max fällt nicht mehr darauf herein. Er wird dich auslachen. Das willst du doch nicht wirklich, oder? Außerdem, Max glaubt längst nicht mehr dran! Michi hat ihn aufgeklärt.»

Jobst blieb standhaft. «Weihnachten ohne Weihnachtsmann ist kein Weihnachten! Das ist wie, wie ...» Er suchte nach einem guten Vergleich, einem, den Kerstin nachempfinden konnte. «Wie eine Kollektion Unterhosen ohne Hintern!»

Kerstin starrte ihn einige Sekunden lang an. Sie schien zu überlegen, ob er jetzt doch mit ihr streiten wollte. Plötzlich wurde ihr Blick weich. Mit einem zärtlichen Augenaufschlag sagte sie: «Okay. Wenn du unbedingt willst ... Aber nur unter einer Bedingung.» Sie schob die Hüften vor und legte ihren Arm um seinen Hals. «Wenn du dich jetzt für Max verkleidest, dann musst du das Gleiche auch für mich tun. Dann führst du mir nachher ein paar Stücke vor – mit Hintern!»

«Ich bin mir nicht sicher, ob eure Sachen nicht etwas zu eng sind ... vor allem hier ... und hier ...» Jobst deutete mit sanften Handbewegungen den zunehmend kritischen Fitnesszustand einiger Bereiche seines Körpers an.

«Na und», sagte Kerstin und kniff ihn in den Po, «dann kommt dein bestes Stück besser zur Geltung.» Sie wollte ihn erneut küssen.

«Kerstin, es ist Heiligabend», erinnerte sie Jobst und schob sie von sich. Er konnte einfach nicht an Sex denken, solange der wichtigste Teil des Abends noch nicht erledigt war.

«Na und?», sagte Kerstin. «Worum geht es? Um eine Hochschwangere! Statt im Kreißsaal landet sie im Kuhstall. Und am nächsten Tag steht sie auf und flieht nach Ägypten. Das nenne ich ambulante Entbindung.»

Jobst verschränkte die Arme. «Du erinnerst dich doch an den Anfang der Geschichte?»

«Adam und Eva?»

«Nein. Später.»

«Samson und Delilah?»

«Noch später.»

«Stan und Olli?»

«Früher. Ich meine die unbefleckte Empfängnis!»

«Wie langweilig!» Kerstin fuhr mit der Zungenspitze in das leere Schnapsglas. «Dann geh halt in die Garage und verkleide dich als Santa. Ich geh duschen, und glaub nicht, dass du mir so einfach davonkommst …»

Bernd, Ulf und Ingo verfolgten die Fußspuren bis zur Anhöhe. Der Wind pfiff ihnen um die Nasen. «Verdammt kalt hier!», fluchte Bernd und schlang die Arme um den Oberkörper.

«Dein Gequatsche macht's auch nicht wärmer», ätzte Ingo.

«Sag das nicht!», erwiderte Bernd. «Wenn man die Kieferknochen nur schnell genug bewegt …»

«Schnauze sag ich!»

Sie kamen an die Stelle, wo das Fluchtauto gestanden haben musste. Die Schneedecke war dünn, Schneematsch verspritzt. Das Fahrzeug musste in hohem Tempo angefahren sein. Ein brauchbares Profil war nicht zu erkennen.

«Ende Gelände», schloss Ingo, hörbar zufrieden. «Hier ist er ins Auto gestiegen. Wir müssen die Fahndung einleiten.»

«Warte doch mal!», sagte Bernd, der die Fußspuren

weiterverfolgt hatte bis auf das angrenzende Feld. «Hier ist er lang!»

«Och nöö, is nich dein Ernst!», beschwerte sich Ingo.

«Aber klar doch, das sind seine Fußabdrücke.» Bernd war sich sicher. Gravitätisch wie Napoleon, als er den Befehl gab, Moskau anzuzünden, reckte er das Kinn vor, streckte seinen Arm aus und deutete zu einer Handvoll gleichförmiger Häuser am gegenüberliegenden Feldrain: «Den schnappen wir uns!»

«Ich gehe keinen Schritt weiter!», beschied Ingo und setzte den Entschluss gleich in die Tat um. «Die Kollegen sitzen bequem auf der Wache und schlürfen Punsch, während wir hier die Drecksarbeit machen? Ohne mich! Das ist ein Fall für die Kollegen in Zivil.»

Ulf grummelte zustimmend.

Jetzt blieb auch Bernd stehen. «Ist das nun eine Verfolgungsjagd – oder ist es keine?»

«Jedenfalls laufe ich nicht zu Fuß über diesen Acker!», beharrte Ingo.

«Dann verfolgen wir ihn eben mit dem Auto», schlug Ulf vor.

«Querfeldein? Ob die alte Gurke das mitmacht?» Ingo gab sich skeptisch.

«Na ja», sagte Bernd, «vielleicht müssen wir nicht unbedingt direkt übers Feld …»

«Aha, jetzt will der Herr doch lieber meine hübsche Straßenspur mitverfolgen! Sind wir etwa plötzlich bequem geworden?» Ingo gab Bernd einen freundschaftlichen Schubs. «Hör auf, den Superhelden zu spielen, Berni. Du hast doch Grips. Der Typ ist in die Siedlung geflohen, so viel steht fest!»

«Seit wann kannst du hellsehen?», fragte Bernd spitz.

«Wohin soll er denn sonst gelaufen sein?», verteidigte sich Ingo. «Bei dem Schneetreiben? Und der einsetzenden Dunkelheit?»

Bernd sah zum Himmel hinauf und rieb sich die Arme. In einem Punkt musste er Ingo zustimmen: Es war empfindlich kalt. Missmutig trat Bernd gegen einen Lehmbrocken am Feldrain. «Du hast recht», gab er schließlich nach. «Wir sagen Steffen Bescheid und fahren anschließend gemeinsam hin.»

«Na also.»

Die drei setzten sich in Bewegung und trabten zurück zum Parkplatz.

Ferat schlich durch die weihnachtlich beleuchteten Straßen der Neubausiedlung. Haus an Haus. In jedem zweiten Küchenfenster ein blinkender Stern, in jedem dritten ein hölzerner Kerzenbogen. Vor einem Haus parkte sogar ein Rentierschlitten mit Lichterkette und Geschenkkartons und großen, roten Schleifen. Überall putzige, farbenfrohe Fensterbilder, gemalt von kleinen, ungelenken Kinderhänden. Ferat konnte sie beinahe vor sich sehen: Malkittel voller Farbkleckse, ihre Stimmen, hell und voller Vorfreude – die Kinder in diesem Stadtteil wuchsen in einem Märchenland auf. So etwas kannte Ferat nur aus dem Fernsehen. Er war anders groß geworden, ganz anders. Mit einem Seufzer dachte er an das nächste Jahr. Um diese Zeit würde er bereits selbst Vater sein! Und wenn alles gutging, würde er seinem Sohn sogar ein Geschenk kaufen können. Einen Fußball, so viel stand fest. Ferat wäre ein guter Vater. Ein perfekter Vater. Inschallah!

Aber da war sie schon wieder, die Polizeisirene. Immer noch fern, aber sie kam näher. Ferats Herz klopfte bis zum Hals, er sah sich um, hastete weiter. Die gepflegten Vorgärten lagen unter einer anwachsenden Schneedecke. Kein Bäumchen traute sich höher hinauf als bis zur Hüfte. Hier dominierten Gartenzwerge und Fußabtreter mit fröhlichen Aufschriften. *Willkommen!*, stand darauf oder *Hereinspaziert!* Aber wehe, man putzt sich vorher nicht die Schuhe ab, ergänzte Ferat im Stillen. Er schaute auf seine Stiefel. Dieser scheißverdammte deutsche Scheißschnee sorgte dafür, dass er Spuren hinterließ wie ein Rudel Skinheads in der Origami-Ausstellung!

Ferat horchte auf. Ein Geräusch, ganz nah. Er war nicht allein hier draußen. Ein Garagentor stand offen. Mann, diese Deutschen!, dachte er. Sogar an ihrem Jesusgeburtstagsfestabend werkeln die in der Garage! Was würde Ferat darum geben, jetzt nicht arbeiten zu müssen, sondern gemütlich in einem Wohnzimmer zu sitzen, mit einem Tee vor der Nase? Oder noch besser: mit einem sprudelnd aufgebrühten, türkischen Kaffee. Mit Sud am Tassenboden, der sich so weich auf die Lippen legt wie eine Wolke vor den Vollmond. Ferat seufzte. Wenn es um Kaffee ging, konnte er zum Dichter werden.

Jetzt rumpelte es wieder in der Garage. Ferat trat näher und spähte um die Ecke des Fertigbetonkastens. Der Mann hatte ihm den Rücken zugewandt und machte sich an einer Umzugskiste zu schaffen. Er trug eine rote Hose mit weißem Pelzbesatz, der weite Bund wurde von Hosenträgern gehalten. Gummistiefel. Und auf dem Karton lag ein roter Mantel mit Kapuze. Ferat schaute an sich hinunter, dann wieder hinüber zu seinem Doppelgänger: Hey, ein Bruder, dachte er erfreut und spürte eine ungeahnte, vollkommen unsinnige Verbundenheit unter Männern im Weihnachtsmannkostüm.

Plötzlich ertönte die Melodie von «Rudolph, the Red-Nosed Reindeer». Im ersten Moment erschrak Ferat, doch dann fiel ihm ein, dass es sein eigenes Handy war. Den Klingelton hatte er gestern erst runtergeladen, weil er so verdammt gut zu einem Mann im Weihnachtsmannoutfit passte. Die Handy-Rechnungen konnte er sowieso nicht mehr bezahlen, das letzte Gehalt hatte er vor drei Monaten bekommen. Da kam es auf die zwei Euro neunundneunzig auch nicht mehr an ... Ferat lief ein paar Schritte außer Hörweite. Dann nahm er das Gespräch an.

«Ja?»

«Es tut mir so leid!» Beas Stimme! «Ferat? Bist du da?»

Ferats Lippen zitterten. «Ja», antwortete er endlich.

«Es tut mir so leid! Meine Nerven sind mit mir durchgegangen!»

Scheiße, Alter, aber so was von! Aber er konnte Bea keine Szene machen. Nicht jetzt, nicht am Telefon – und schon gar nicht in ihrem Zustand! Mit Schwangeren musste man rücksichtsvoll umgehen – so hatte es ihn die resolute Hebamme im Geburtsvorbereitungskurs gelehrt. Schwangere sind ihren Hormonen ausgeliefert. Diesen Zustand kannte Ferat.

Er zischte: «Scheiße! Ich riskier mein Leben ... Und was tust du? Haust einfach ab!» Das war nicht ganz so rücksichtsvoll, wie er es sich vorgenommen hatte, aber immerhin hatte er seiner Wut etwas Luft gemacht. Jetzt hörte er

Bea schluchzen und fühlte sich elend. Verdammt noch mal, er war der Mann! «Reine Glückssache, dass sie mich nicht geschnappt haben», sagte er so abgeklärt wie möglich.

«Ferat! Mein Bauch ...»

«Was denn? Geht's los?» Plötzlich schlotterten seine Knie.

Keine Antwort.

Angespannt lauschte Ferat. Er hörte seine Freundin Luft holen und wieder ausatmen. Waren das noch Senkwehen? Oder schon Geburtswehen? Vermutlich war dieser beknackte Kurs, den er seinen türkischen Freunden verheimlicht hatte (weil echte Männer so was nicht machten), doch nicht komplett sinnlos gewesen. Nun wusste er wenigstens, was eine Wehe war (wie ‹o weh› – super Eselsbrücke, manchmal war die deutsche Sprache so einfach!). Auch wenn er es unendlich peinlich gefunden hatte, vor den Augen von fünf Frauen und zwei Männern (na ja, keine echten – deutsche Männer) eine Babypuppe zu wickeln. Bei ihm hatte das Plastikbaby nach dem Wickeln ausgesehen wie die Mumie von Tutanchamun – nach dem Besuch der Grabräuber. Das Windelnwechseln würde also Bea übernehmen. Und überhaupt: Stoffwindeln! Wozu gab es Pampers? Diese Hebamme war so was von öko gewesen!

Schweres, stoßweises Atmen am Hörer riss ihn aus den Gedanken.

«Wie geht's?», fragte Ferat besorgt.

«Gut. Aber ... es fühlt sich anders an als sonst.»

Ferat schoss die Hitze ins Gesicht. «Hör zu: Du kommst sofort in den ...» Ferat ging hinüber zum Straßenschild, sprang hoch, um den Schnee abzuwischen, doch er kam nicht ran. Also trat er gegen den Mast, und der Schnee rieselte herunter. Er biss sich auf die Lippen. Verfluchte Billig-Gummistiefel. Als der Schmerz nachgelassen hatte, las er stockend vor: «Sternen ... tal ... weg! Nein: Sterntalerweg!» Er stutzte. «Taler? Das ist Kohle, oder? Maschallah, ein gutes Omen!»

«Ferat!»

«Was denn?»

«Mein Bauuuuuuuuch!!» Das war kein Hilferuf, das war blanke Todesangst! Ferat wurde schwindlig.

«Warte, Bea! Es darf noch nicht losgehen!»

«Ich tu mein Bestes, Liebling.»

«Du bleibst, wo du bist!»

«Aber was wird mit dir?»

«Ich werde mich durchschlagen. Notfalls klaue ich ein Auto.»

«Wieso klauen? Hast du denn kein Geld?»

«Doch ... aber ... es ist noch ... in den ...»

Das Wort blieb Ferat im Hals stecken. Eine fremde Hand hatte sich schwer auf seine Schulter gelegt. «Sorry, Bea, muss Schluss machen. Melde mich», flüsterte er hastig ins Handy. «Mach's ... gut», sagte er mit tränenerstickter Stimme. Dann drückte er das Gespräch weg. Er schloss die Augen und versuchte, sich mit seiner Verhaftung abzufinden.

«Tut mir wirklich leid, dass ich Sie unterbreche, aber ...», sagte eine Stimme hinter ihm, «... sind Sie jetzt endlich fertig?»

Nein, kampflos würde er sich nicht ergeben! Ferat duckte sich unter der Hand auf seiner Schulter weg und wirbelte herum. Ihm gegenüber stand der Weihnachtsmannkollege aus der Garage.

«Sie haben Nerven! Stehen hier und telefonieren! Dabei warten wir seit einer Dreiviertelstunde auf Sie!»

Ferat verstand nicht. «Sie warten? Auf mich?» Seit wann traten Weihnachtsmänner im Duo auf?

Der Kollege in Rot tippte mit dem Finger auf das Gehäuse seiner Armbanduhr. «Keine gute Werbung für Ihre Agentur!»

Agentur? Was faselte der Typ da?

«Wo haben Sie sich so lange rumgetrieben?»

«Ich ... musste noch ... Geld ... abheben.» Das war nicht mal eine Lüge.

Bevor Ferat wusste, wie ihm geschah, wurde er am Arm gepackt und die Auffahrt hinaufgezogen. Vorbei an der offenen Garage, ein paar Stufen hoch bis vor die Milchglastür.

«Sie gehen schon mal rein! Ich komme gleich nach.» Plötzlich begannen die Augen des Mannes zu leuchten. «Max wird staunen, wenn ich auch noch auftauche.»

Ferat verstand kein Wort. Der Kollege drückte den Klingelknopf und gab ihm einen Klaps auf die Schulter.

«Sie wissen ja, was Sie zu tun haben. Alles wie besprochen.»

Mechanisch nickte Ferat und zupfte an seiner Kapuze. Mann, dieses saublöde Kostüm kratzte echt wie Hölle. Außerdem: Nix war besprochen, rein gar nix. Der Typ hatte nicht alle Tassen im Schrank! Was für eine Scheiße! Er dachte an Bea, aber da legte der Typ gleich noch mal nach: «Bestens!», meinte er und zwinkerte Ferat verschwörerisch zu. «Aber passen Sie auf. Max glaubt nicht mehr so richtig an den Weihnachtsmann.» Und damit verschwand er wieder in Richtung Garage.

Jetzt wusste Ferat überhaupt nicht mehr, was los war. Seine Beine sagten ihm: weglaufen. Sein Kopf sagte ihm: weglaufen. Selbst seine Eier sagten es ihm. Und auf die sollte ein Mann doch hören.

Da entdeckte er durch die Milchglasscheibe die Umrisse eines kleinen Menschen, der sich von innen der Haustür näherte …

Allah, ein Kind!, loderte es heiß hinter seiner Stirn. Und ich habe nicht die blasseste Ahnung, was so ein Weihnachtsmann eigentlich tun muss!

Die Tür öffnete sich. Blonde Haare, blaue Augen. Ein kluges, aufgewecktes Gesicht. Der Junge sah ihn neugierig an.

«Hohoho!», improvisierte Ferat und zog eine alberne Grimasse. Der Junge zögerte einen Moment, dann drehte er sich um und schlurfte mit gesenktem Kopf den Flur hinunter.

«Wer ist es denn, Max?», hörte Ferat eine Frauenstimme von irgendwoher aus dem Haus.

«Papa», antwortete der Junge enttäuscht, dann war er auch schon am Ende des Flurs verschwunden.

Es war vermutlich Ferats letzte Möglichkeit, dem Unausweichlichen zu entkommen. Doch in dem Moment vernahm er etwas, das ihn förmlich ins Haus hineintrieb: das kurze, schrille Aufjaulen einer Sirene in unmittelbarer Nähe. Jetzt zuckte Blaulicht über die Hausfassaden. Ferat reagierte ohne nachzudenken, er huschte hinein. Die roten Stiefel Größe 46 quietschten auf den Fliesen. Rasch schloss Ferat die Tür hinter sich. Durch das Milchglas konnte er beobachten, wie ein Wagen mit blinkendem Blaulicht vor der Auffahrt hielt. Autotüren flogen auf. Im

Laufmarsch bewegten sich mehrere Gestalten auf die Garage zu. Ferats Herz pochte bis zum Hals. Er beeilte sich, von der Glasscheibe wegzukommen. Und trat mit suchenden Schritten weiter ins Haus.

Mit geübten Griffen stopfte Jobst die Weihnachtsmannkluft zurück in den Karton. Spiritusgestank schlug ihm entgegen. Er musste würgen. Schnell machte er den Karton zu, doch der Gestank wollte nicht nachlassen. Er schnupperte an seinem Ärmel und verzog angeekelt das Gesicht. Jetzt roch auch noch sein Festtagshemd nach Grillanzünder!

Plötzlich hörte er hinter sich ein Schaben. In böser Vorahnung drehte Jobst sich langsam um. In der Garageneinfahrt stand ein Polizist mit gezückter Dienstwaffe. Der Lauf der Pistole zitterte.

«Keine Bewegung», sagte der Beamte mit bebender Stimme. Dann rief er, ohne Jobst aus den Augen zu lassen, über die Schulter nach hinten: «Ich hab ihn!»

Jobst sah den Uniformierten an wie einen Alien, der sein Ufo im Halteverbot geparkt hatte.

«Keine Mätzchen!», fuhr der Polizist unsicher fort. «Wo ist der Sack? Wo hast du ihn versteckt?»

Jobst deutete auf den Karton. «Da drin.»

Der Polizist deutete mit der Waffe darauf. «Rausholen.»

Ein zweiter, etwas älterer Polizist mit grauem Stoppelhaar und breitem, muskelgestähltem Oberkörper unter der Dienstlederjacke trat neben den jüngeren. Klatschend sauste dessen Pranke auf die Schulter des Kollegen, sodass dieser beinahe die Pistole fallen ließ. «Bernd, der Gangsterschreck!», polterte der Ältere. «Wenn das kein schöner Titel für ein Weihnachtsmärchen ist!»

«Da siehst du's, Steffen! Warum sollte ich nicht auch mal einen Treffer landen?», sagte Bernd mit triumphierender Stimme. «Gerade wollte er seine Verkleidung verstecken!»

Jobst zog den Jutesack aus dem Karton. Schlaff und leer baumelte er in seiner Hand. Aber die Polizisten schenkten ihm gerade überhaupt keine Beachtung. Sie waren voll und ganz mit sich beschäftigt. «Mensch, Berni, wenn du so weitermachst, wird es ja vielleicht doch noch was mit dem Betrugsdezernat!»

«Das ... das ... wäre ...», fing Bernd an zu stottern. Der Gedanke an eine Stelle bei der Kripo brachte ihn vollends aus der Fassung, «das wäre ja schöner als Weihnachten.»

Steffen klopfte ihm noch einmal anerkennend auf die Schulter.

Jobst räusperte sich. «Ich unterbreche ja nur ungern», schaltete er sich ein, «aber drinnen wartet meine Familie auf mich. Sie wissen schon: Heiligabend, Bescherung und so weiter.»

Die beiden Polizisten wandten sich ihm zu und starrten ihn mit offenen Mündern an.

«Den hier wollten Sie doch sehen, oder?» Jobst schwenkte den leeren Jutesack. «Da ist er!»

Nach einem weiteren Moment der Verblüffung kamen die Polizisten endlich wieder zur Besinnung. «Und das Geld?», fragten beide wie aus einem Mund.

«Geld?», fragte Jobst. «Welches Geld?»

Steffen trat breitbeinig auf ihn zu. Jobst wich einen Schritt zurück: Der Polizist sah aus wie ein fleischgewordener Steroid-Cocktail in Uniform. Sein kantiges Gesicht verzog sich zu einem Grinsen, das nichts Gutes verhieß.

«Welches Geld?», äffte er Jobst nach. «Na, wie viel war denn in den Kassetten? Hundert Mille? Zweihundert? Hast du's schon im Garten vergraben, oder steckt es noch in dem Karton da?» Steffens Grinsen erstarb abrupt. Dann ließ er die geballte Faust in seine andere Hand niederkrachen, wie auf eine imaginäre Tischplatte, und bellte: «Verkauf uns nicht für dumm, Nikolausi! So schlau wie du sind wir noch lange!»

Jobst wollte widersprechen. Der Polizist verwechselte mehr als nur den Nikolaus mit dem Weihnachtsmann, so viel war offensichtlich. Und aufgrund irgendeines rätselhaften Umstands schien Jobst in die fatale Verwechslungskette dieses Ordnungshüters hineingerutscht zu sein. Worum es eigentlich ging, wusste er nicht. Und es interessierte ihn auch nicht. Alles, was er wollte, war, zu seiner Familie ins Wohnzimmer zurückzukehren, um den großen Moment nicht zu verpassen, in dem Max feststellen würde, dass der Weihnachtsmann nicht sein Vater ist. Deshalb fragte er sich vor allem: Wie kam er aus dieser Nummer wieder heraus?

Leider lautete die Antwort: vorerst gar nicht! Im Gegenteil. Ohne Vorwarnung trat der Muskelmann hinter ihn und drehte ihm den Arm auf den Rücken, bis es knackte.

Jobst schrie auf. «Sind Sie wahnsinnig? Was hab ich Ihnen getan?»

«Natürlich hast du gar nichts getan!», höhnte Bernd

und fuchtelte mit seiner Dienstwaffe vor Jobsts Gesicht herum. «Du bist so unschuldig wie meine Oma!»

Langsam versuchte Jobst sich aufzurichten. Der Muskelprotz zwang ihn wieder nach vorn. Jobst stöhnte auf. «Ich kenne Ihre Großmutter ja nicht. Aber wenn sie auch unschuldig ist, bin ich ab sofort ihr größter Fan.»

Den Polizisten fielen die Kinnladen herunter. Dann wurde Steffen ernsthaft sauer: «Wenn du dich über uns lustig machen willst, Freundchen, wird das hier die schmerzhafteste Bescherung, die du je erlebt hast!» Und dann zog er Jobsts Arm noch mal ein unangenehmes Stück weiter in Richtung Schulterblatt.

«Ich versuche nur, Ihnen in aller Vernunft die Lage zu erklären», heulte Jobst auf. «Offenbar gibt es hier ein großes Missverständnis.»

Die Polizisten sahen sich einen Augenblick lang ratlos an. Dann entschied Steffen: «Das klären wir auf dem Präsidium.»

Jobsts Knie wurden weich. «Auf dem Präsidium? Meine Herren! Wissen Sie eigentlich, welcher Tag heute ist? Ich möchte nichts weiter, als mit meiner Familie ein friedliches Weihnachtsfest zu verbringen! Das kann doch nicht zu viel verlangt sein!»

«Dann hättest du nicht den Baumarkt ausplündern sollen!», zischte Steffen Laurus durch die zusammengepressten Zähne. «Und von der Kassiererin hättest du auch besser die Finger gelassen!»

«Waaaas?», kreischte Jobst, dessen Schulter in diesem Moment wohl endgültig ausgekugelt wurde. Vor Schmerzen konnte er keinen klaren Gedanken mehr fassen. Geschweige denn, Ordnung in diese rekordverdächtige Hitliste von Missverständnissen bringen. Jobst gab auch den letzten Widerstand auf und begann, haltlos zu schreien. Was für Steffen das Signal war, ihn von der Garage weg zur Straße zu zerren. Jobst strauchelte, trat seitwärts, stolperte, fiel auf die Knie. Ein weiterer Schmerzensschrei gellte durch das Schneegestöber. Ohne mit der Wimper zu zucken, schleifte Steffen ihn durch den Schnee zum Streifenwagen. Und ehe er sichs versah, landete Jobst unsanft auf der Rückbank des weihnachtlich geschmückten Mercedes.

Bernd nahm vor ihm auf dem Beifahrersitz Platz und zog das Sprechfunkgerät aus der Halterung. «Alles in Ordnung, Jungs! Wir haben ihn», vermeldete er stolz. «Wir sind gleich wieder bei euch. Und wehe, ihr habt *Drei Nüsse für Aschenbrödel* ohne uns geschaut!»

«Dreimal darfst du raten, wen das Mädchen geheiratet hat», kam es punschselig aus dem Lautsprecher.

Steffen drehte sich um und starrte Jobst hasserfüllt an. «Das wirst du mir büßen! Wegen dir hab ich das Ende verpasst!»

«Halb so schlimm, Chef!», sagte Bernd freudig. «Es ist doch eine DVD.»

«Ja und?», meinte Steffen nur.

«Wir können den Film nachher einfach noch mal anschauen», erklärte Bernd enthusiastisch.

Jobst verdrehte heimlich die Augen. Leider beobachtete Steffen ihn dabei im Rückspiegel. Das Klatschen des Schlages summte Jobst in den Ohren, noch bevor er das Brennen auf seiner Wange spürte. Hatte Mr. Steroid ihn etwa geschlagen? Dieses Möchtegern-Michelin-Männchen in Lederjacke, dessen Job von seinen Steuergeldern bezahlt wurde? Diese Amtsperson mit Staatswappen auf den Schulterspiegeln hatte es tatsächlich gewagt, ihm eine zu verpassen? Ein trotziger Ruck durchfuhr Jobst. «Ich will sofort meinen Anwalt sprechen.»

«Na klar», entgegnete Steffen jetzt sichtlich erleichtert. «Das sagen sie alle. Aber genützt hat es den wenigsten.»

Ferat schlich einige vorsichtige Schritte in das Schummerlicht des Hausflures hinein. Ein köstlicher Duft stieg ihm in die Nase. Dazu leise, feierliche Musik. Rechts eine Tür. Sachte schob er sie auf, warf einen Blick hinein: die Küche – der Ursprung der Zauberdüfte. Es roch nach gebratener Gans, nach Rotkohl, nach Bratensoße – und einem Dutzend weiterer raffinierter Aromen, die er nicht zuzuordnen vermochte. Ferats Magen reagierte mit einem deutlich hörbaren Knurren.

Er riss sich los und ging weiter den Flur entlang. Seine nassen Stiefel machten schmatzende Geräusche und hinterließen feuchte Flecken auf den Fliesen. Die Wohnzimmertür stand einen Spalt weit offen. Heraus drang – glockenhell und in breiten Strömen – Weihnachtsmusik. Wie magisch angezogen, schob Ferat die Tür auf und trat ein. Der festliche Glanz ließ ihn innehalten. Alles strahlte im Kerzenschein. Selbst die Spanngurte, die den Baum mit der Zimmerdecke verbanden, störten das harmonische Gesamtbild kaum. Die Flammen flackerten leise, ihr süßlicher Wachsgeruch vermischte sich mit dem Tannenduft. Ferat spürte die Wärme durch seinen Mantel dringen und fühlte sich auf einmal unendlich aufgehoben. Mit anderen Worten: Das hier war besser als das Ende von *Notting Hill*.

Seitdem er mit Bea zusammengezogen war, zelebrierten sie eine kulturneutrale Weihnachtsfeier mit Tee und Pizza. Nicht ganz freiwillig, denn Beas Familie wollte von ihm nichts wissen und Ferats Familie schon gar nichts von Bea.

Ferat wischte sich eine Träne aus dem Augenwinkel und trat einen Schritt in den Raum hinein. Zum ersten Mal erahnte er den tieferen Sinn des Weihnachtsfests. Empfand die Sehnsucht nach Licht und Wärme, nach Grün und Leben – mitten in diesem langen, toten, deutschen Winter.

Ferat war so überwältigt, dass er erst spät das Tapsen bemerkte, das sich ihm von hinten näherte. Waren das nackte Fußsohlen? Er wollte sich umdrehen, da wurde er bereits umarmt. «Da bist du ja endlich!», hörte er eine Frauenstimme.

Ihm wurde schlagartig so heiß, als hätte jemand unter seinen Füßen Herdplatten angestellt. Die Unbekannte schmiegte sich eng an seinen Rücken. Er spürte ihre Brüste an seinem Rücken, weiter oben ihre Wange, die auf und ab strich. Gleichzeitig wanderten ihre Hände nach vorn und schoben den Mantel beiseite …

Unwillkürlich spannte Ferat die Bauchmuskeln an.

«Hast du trainiert, Liebling?»

Ferat wollte schon Allah danken, dass Märtyrer nun auch ohne zu sterben in den Genuss der paradiesischen Jungfrauen kamen. Aber nein, er war kein Märtyrer. Und mit einiger Wahrscheinlichkeit war das hinter ihm auch keine Jungfrau. Es konnte niemand anderes sein als die Dame des Hauses, ausgestattet mit dem zupackenden Selbstbewusstsein, das er an deutschen Frauen so schätzte.

«Wo ist Mäxchen?», fragte die Frau mit verruchter Stimme.

Wie hätte Ferat eine Antwort geben können, während ihre Hände immer tiefer wanderten? Panisch fuhr er herum.

Und panisch starrte ihm die Frau ins Gesicht. Sein Anblick hatte ihr die Sprache verschlagen.

Ferat sah ihre hübschen Lippen. Nicht geschminkt, aber trotzdem voll und rot. Ihr Haar war nass und hing triefend über die Schultern, ihre Wangen glühten. Um den Oberkörper trug sie ein Handtuch, dessen Saum sie nun über dem Busen umschlug, damit es fester saß. Verlegen trat sie einen Schritt zurück, wich seinem neugierigen Blick aus, als suche sie etwas auf dem Boden, und legte den Handrücken gegen ihre glühende Stirn. «Ähm ... Sie sind ... der bestellte ... mein Gott.»

«Nicht Gott», sagte Ferat, «nur der Weihnachtsmann.»

Sie schien immer noch röter zu werden. «Und mein Mann?»

«In der Garage.» Ferat hüstelte etwas verlegen.

Allmählich entspannten sich die Gesichtszüge der Frau, und ihre natürliche Hautfarbe kehrte zurück. «Tja», klatschte sie in die Hände, «dann werde ich mich wohl mal anziehen.»

Ferat nickte, obwohl er auch nichts dagegen gehabt hätte, wenn sie darauf verzichtet hätte.

«Hände hoch!», rief plötzlich eine helle Stimme. Sie klang glaubwürdig und zu allem entschlossen. Ferats Arme schnellten nach oben und ließen den Sack fallen, dass es nur so schepperte. Im gleichen Moment sprang ein Junge hinter dem Christbaum hervor – mit der Waffe im Anschlag. Quer über der schmalen Brust trug er ein Lederholster, im Hosenbund eine Machete, und auf dem blonden Haar ein Piratenkopftuch: Er sah aus wie ein Ninjakämpfer aus dem Zwergenland.

«Zeig die Stiefel her», befahl der Zwergninja.

Ferat, der sich gerade erst von dem Schock erholt hatte, war noch zu perplex, um zu widersprechen. Unverzüglich streckte er seinen linken Stiefel nach vorne.

«Die Sohlen!», forderte der Miniatur-Freibeuter.

Ferat drehte sich auf der Stelle um und präsentierte die Sohlen. Auch wenn er nicht wusste, um welchen Weihnachtsbrauch es sich hierbei handelte.

«Größe 46», stellte der Junge zufrieden fest, «wusste ich's doch. Und jetzt: Her mit dem Sack, Paps!» Der Lauf der Pistole war auf Ferats Brust gerichtet.

Die sieht gar nicht so unecht aus, dachte Ferat. Und der Junge schien sich, obwohl er seiner Größe und der riesigen Zahnlücke nach zu urteilen noch in die Grundschule gehen musste, damit auszukennen.

«Wie oft hab ich dir schon gesagt, dass du nicht mit Waffen spielen sollst!» Die Mutter des Jungen war so außer sich, dass Ferat endgültig von der Echtheit des Schießprügels überzeugt war.

«Ist doch nur Spaß, nicht wahr, Paps?», meinte der Junge mit einem breiten Grinsen.

«Erstens bin ich nicht dein Vater», sagt Ferat und senkte die Stimme so tief wie möglich. «Und wenn ich es wäre, würde ich dir eine klatschen!»

Ferat bückte sich, um den Sack wieder aufzuheben.

Max beobachtete ihn mit gerunzelter Stirn. Er fuchtelte mit der Waffe. «Hey, du! Wenn du nicht mein Vater bist, wer bist du dann?»

«Was glaubst du denn?», fragte Ferat zurück, «Käpt'n Iglo?»

Nachdenklich ließ der Junge die Waffe sinken. «Hmm. Deine Stimme klingt wirklich anders als die von Paps ...»

Kerstin schien dies für einen günstigen Moment zu halten, von der Bildfläche zu verschwinden. «Tut mir einen Gefallen und wartet, bis ich mich angezogen habe», flötete sie. «Dann schaue ich nach Papa. In Ordnung, Max?» Und während sie schon die Treppe hinaufsauste, rief sie noch einmal: «Wartet auf uns! Fangt noch nicht an!»

Der Junge ließ die Pistole langsam sinken und trat näher, um den Weihnachtsmann genauer unter die Lupe zu nehmen. Ferat zwinkerte ihm zu. «Okay», sagte er dann. «Und was machen wir beide jetzt?»

«Der ist es nicht!» Romy schüttelte energisch den Kopf. Ratlos blickten sich die beiden Polizisten an. «Sind Sie ganz sicher?»

«Hundertpro!», sagte Romy.

Aber Bernd wollte nicht aufgeben. «Bedenken Sie, er trug einen Bart und diese rote Kapuze. Und es war schon dämmrig. Vielleicht haben Sie ihn nicht richtig erkannt.»

Und wie ich ihn erkannt habe, dachte Romy. Doch das behielt sie besser für sich.

«Sie haben die Frau doch gehört! Können wir dieses

Theater jetzt beenden?», fragte Jobst mit verschränkten Armen und bitterer Miene.

«Wir bestimmen hier, was Theater ist», raunzte Steffen. «Hol das Kostüm!»

Bernd sah seinen Vorgesetzten verwundert an. «Welches Kostüm?»

Steffen presste die Zähne aufeinander. «*Das* Kostüm!», zischte er.

Endlich fiel Bernd ein, was der Chef meinte. Es gab da dieses schöne Stück, das sie vor Jahren für die Betriebsnikolausfeier angeschafft hatten. Rot und mit Pelzbesatz. Weihnachtsmann oder Nikolaus – wer fragt schon danach? Vielleicht würde es der Zeugin ja wirklich auf die Sprünge helfen. Bernd huschte hinaus.

«Ich werde Sie verklagen! Wegen vollkommen überflüssiger Verhaftung aus reiner Dämlichkeit», drohte Jobst.

«Jawoll», raunzte Steffen und ließ die Faust auf den Tisch krachen. «Das wäre dann Beamtenbeleidigung. Noch so eine Bemerkung, und wir behalten dich gleich bis Neujahr hier!»

«Ich wollte doch nichts weiter, als das perfekte Weihnachtsfest für meinen Sohn …» Jobsts Wut schlug langsam, aber sicher in Verzweiflung und Hoffnungslosigkeit um.

«Aha», fiel Steffen ihm triumphierend ins Wort. «Da haben wir ja auch schon das Motiv für den Überfall!»

«Sie wissen ja nicht, was Sie reden!», schrie Jobst.

«Der Typ ist unschuldig», bemerkte Romy jetzt in aller Seelenruhe, «lassen Sie ihn doch endlich zu seiner Familie gehen.»

«Sie haben dazu gar nichts zu sagen! Sie waren ohnmächtig», fuhr Steffen die junge Frau an.

«Gut. Dann kann ich ja gehen», erwiderte Romy patzig.

In dem Moment kehrte Bernd zurück und reichte Steffen ein Bündel roter Kleider. Obenauf ein weißer Kunstfaserbart. Steffen warf Jobst das Kostüm vor die Füße. «Anziehen!», blaffte er.

«Bitte», flehte Jobst, «sehen Sie doch ein, dass Sie einen Fehler gemacht haben!»

«An-zie-hen», brüllte Steffen, seine Stimme war kurz davor, sich zu überschlagen.

«Vielleicht reicht es, wenn er den Bart ...», versuchte Bernd zu vermitteln.

«Halt die Klappe, Bernd!», fuhr Steffen seinen Kollegen an, dann wandte er sich wieder Jobst zu. «Und du ziehst endlich diesen Lappen an!»

Jobst fügte sich in sein Schicksal. So langsam wie möglich streifte er sich die rote Jacke über und spannte den Bart vors Gesicht. Das Gummiband zog er am Hinterkopf fest. Zum Schluss zog er noch die Kapuze mit dem weißen Pelzbesatz auf.

Romy saß derweil gelangweilt auf ihrem Stuhl, das Kinn in eine Hand gestützt, und kaute demonstrativ ausgiebig auf einem Kaugummi herum. Die kreisenden Bewegungen, die ihr Gesicht dabei vollführte, ließen sie wirken wie eine Kuh, die beim Wiederkäuen versucht, eine Mücke auf ihrer Nase zu fixieren. Eine Art Selbsthypnose. Sie streifte Jobst mit einem kurzen, ausdruckslosen Blick, dann stellte sie entschieden fest: «Er ist es nicht, das habe ich Ihnen schon zehnmal gesagt. Und wenn Sie ihn in ein Panzerknackerkostüm stecken!»

«Aber Sie müssen ihn doch gesehen haben!», schrie Steffen.

«Eben», antwortete Romy. «Ich habe den Räuber aus nächster Nähe gesehen – und deshalb weiß ich, dass der hier der Falsche ist.»

«Und woher», fragte Bernd trotzig, «wollen Sie das so genau wissen? Schließlich sieht doch ein Weihnachtsmann aus wie der andere.»

Romy senkte die Stimme. «Seine Augen. Die waren dunkel. Dieser hier hat blaue Augen.»

«Und ich schwöre, ich trage keine farbigen Kontaktlinsen», fügte Jobst gallig hinzu. «Darf ich den Bart jetzt wieder abnehmen? Er kratzt.»

Steffen versank in unheilverkündendes Schweigen, während Bernd Anstalten machte, Jobst aus dem Mantel zu helfen. Doch der drehte sich wütend zur Seite. «Wären die Herren jetzt bitte so freundlich, mich wieder nach Hause zu fahren!»

Statt eine Antwort zu geben, grummelte Steffen bloß in seinen nicht vorhandenen Bart.

«Und vielleicht», fügte Jobst hinzu, «besitzen Sie ja den Anstand, sich bei meiner Frau und meinem Sohn zu entschuldigen! Immerhin», und jetzt konnte Jobst nicht mehr verhindern, den Polizisten anzubrüllen, «immerhin haben Sie unser Weihnachtfest ruiniert!»

Seite an Seite hockten der Zwergninja und der dunkeläugige Weihnachtsmann auf dem Sofa der Familie Bethmann. Max betrachtete den Weihnachtsmann aus den Augenwinkeln. Der wirkte ziemlich ratlos. Schob den Ansatz der Kapuze nach oben und kratzte sich an der Stirn.

«Du … du hast ja schwarze Haare!», rief Max überrascht.

«Klar, Mann! Ich bin nicht so alt, wie ich aussehe.»

«Aber mein Vater ist blond!»

«Hast du's endlich? Ich bin nicht dein Vater!»

Max lachte. «Und sprechen tust du auch nicht wie der Weihnachtsmann.»

«Was hast du gegen meine Art zu sprechen, Alter?», wollte Ferat schon aufbrausen. Aber dann besann er sich und fragte stattdessen neugierig: «Wie spricht denn der Weihnachtsmann?»

Max senkte die Stimme und versuchte, tief aus dem Bauch heraus zu brummeln: «Na, wie ein sehr alter Mann eben.»

«Du kannst mich mal! Das Kostüm ist schon peinlich! Jetzt soll ich auch noch reden wie Samson aus der Sesamstraße?»

«Du bist echt ein komischer Weihnachtsmann. Ganz anders als Papa. Irgendwie … cooler. Und auf gar keinen Fall bist du ein alter Opa.»

Ferat winkte Max näher zu sich und flüsterte ihm ins Ohr: «Der Weihnachtsmann kann gar kein Opa sein, verstehst du?»

Max schüttelte verblüfft den Kopf.

«Pass auf …», erläuterte Ferat mit ernster Miene, «ein alter Mann … wie soll der denn den ganzen Stress aushalten? Shoppen gehen … Geschenke einpacken …»

«Der Weihnachtsmann kauft die Geschenke selbst?»

Ferat lehnte sich zurück. «Was denkst du denn?»

«Die werden doch gebastelt – von den Wichteln am Nordpol. Die arbeiten das ganze Jahr daran. Sagt zumindest Paps.»

«Echt jetzt?» Ferat sah Max erstaunt an. «Am Nordpol? Wieso das denn?»

Max dachte nach. «Vielleicht ... damit es ... geheim bleibt.»

«Geheim?» Ferat lachte. Brüderlich legte er den Arm um Max' Schulter: «Von Oktober bis Dezember belagern Bob der Baumeister und Barbie und Darth Vader und Polly Pocket die Werbepausen von SuperRTL bis Pro7! Das ist ungefähr so geheim wie die Unterwäsche von Paris Hilton. Mann, der Weihnachtsmann geht wie jeder vernünftige Mensch zu Karstadt und kauft das Zeug!»

«Wer ist Paris Hilton?», fragte Max, hellhörig geworden.

«Ach, bloß so eine amerikanische Nutte.»

«Aha», sagte Max unbestimmt und zog die Stirn kraus. Ferat sah förmlich, wie er nachdachte.

«Und was ist eine Nutte?»

«Das ist ...», Ferat hielt inne, musterte Max und bemerkte dessen zum Zerreißen gespannte Gesichtszüge. Dann dämmerte ihm, dass er gerade im Begriff war, etwas zu weit zu gehen, und sagte: «... eine Art ... Barbiepuppe ... für ... Erwachsene.»

«Wie bitte? Ich hab noch nie Erwachsene mit Barbiepuppen spielen sehen. Nie! Mit Eisenbahnen, Matchboxautos, Laserschwertern – okay. Aber ...»

«Alter, du fragst einem aber auch Löcher in den Bauch! Wahrscheinlich müssen die Weihnachtsmänner deshalb diese dicken Polster unter dem Mantel tragen ...»

«Lenk nicht ab. Ich wollte noch etwas fragen über diese ... Barbie ... Nutten?»

Ferat stieß Luft durch die Zähne. «Hey, Junge, vergiss einfach, was ich gesagt hab. Das ist noch nichts für dich.»

Max seufzte. «Und ich dachte, wenigstens der Weihnachtsmann wäre ehrlich zu mir.»

«Ey, das ist undankbar!», brauste Ferat auf. «Ich tu hier mein Bestes, um deine ganzen Fragen zu beantworten, und du sagst, ich belüge dich?»

Max senkte den Kopf. «Ist nicht deine Schuld. Im Moment erscheint mir dieses ganze Weihnachtsgetue wie eine einzige große Lüge.»

Ferat nickte. «Ehrlich gesagt, ich hab das auch noch nie verstanden. Was haben all diese Bäume und roten Männlein mit Jesus zu tun? Und diese Wichser am Nordpol ...»

«Nicht Wichser, Wichtel», korrigierte Max vorsichtig.

«Von mir aus. Was sind diese Wichtel für Wichser?»

«An Heiligabend», fuhr Max lächelnd fort, «laden sie am Nordpol das ganze Karstadtzeugs auf den Rentierschlitten. Dann fährt der Weihnachtsmann los und verteilt es überall in der Welt.»

«Die Wichsel?»

«Die Geschenke.»

Ferat schaute Max ungläubig an. «Alle Geschenke auf einem Schlitten? Und der Weihnachtsmann obendrauf?»

«Tja», sagte Max resignierend, «den Teil der Geschichte hab ich auch noch nie geglaubt ...»

«Nordpol!» Ferat schüttelte den Kopf. «Weißt du, wie scheißekalt es da ist? Gut, die Klamotten sind warm», Ferat knöpfte sich den Mantel auf, «aber warum sollte sich ein Weihnachtsmann, der das ganze Jahr über Ferien hat, den Arsch abfrieren? Wer kommt auf solche Sachen?»

«Coca-Cola. Die haben den Weihnachtsmann erfunden. Sagt Michi.»

Ferat schüttelte entschieden den Kopf und tippte sich an die Stirn. «Coca-Cola! So 'n Quatsch. Dein Freund ist ein Schwätzer! Weihnachten ist so ein Jesusding, kapiert? Man feiert den Tag, an dem er geboren wurde. In einer Autowerkstatt in der Nähe von Jerusalem. Und ...», Ferat legte nachdenklich einen Finger an die Nasenspitze. «War da nicht schon der Weihnachtsmann dabei?»

«Was?» Max war verwirrt.

«Ja, Mann! Da war'n drei Typen, die dem Jesusbaby die ersten Weihnachtsgeschenke gebracht haben!»

«Du meinst die Heiligen Drei Könige?»

«Genau. Einer davon trug einen roten Mantel und einen weißen Bart. Und geschenkt haben sie Weinlaub, Möhren und ...» Ferat dachte angestrengt nach. Dann hellte sich seine Miene auf: «Jesuslatschen! Beknackte Geschenke für den Sohn von Gott – findest du nicht?»

«Na ja ...»

Ferat hatte sich in Rage geredet. «Überhaupt, die Idee, Gott hätte einen Sohn ...» Empört stieß er aus: «Gott ist Gott. Warum sollte er sich einen Sohn machen? Damit der in ein paar Jahren zu ihm sagt: Halt die Klappe, du alter Sack?»

Max kicherte.

«Siehst du! Da musst du selber lachen. Aber Gott ist keine Witzfigur, verstehst du?»

Max schwieg beeindruckt.

«Christen!», schüttelte Ferat noch einmal den Kopf und verschränkte die Arme.

«Für einen Weihnachtsmann hast du eine ziemlich komische Einstellung zum Weihnachtsfest», bemerkte Max und musterte Ferat neugierig von der Seite.

Der wischte den Vorwurf mit der ganzen Autorität eines nicht bestellten Weihnachtsmanns beiseite. «Ich habe eure Bibel nicht gelesen. Nicht mal die Bilder angeschaut. Aber eins weiß ich: Von Coca-Cola steht da nix! Und wenn, dann haben die Amerikaner die Bibel gefälscht! Dann kannst du den Schmöker mit allem, was drinsteht, zum Teufel ...»

«Schhhh ...» beschwichtigte Max. «Weihnachten!»

«Olsun», lenkte Ferat ein, «ich wollte deinen Jesus nicht beleidigen. Aber, sorry, wie kann man nur an so einen Loser glauben? Haare wie eine Frau – hängt mit lauter Schwuchteln rum. Und am Ende lässt er sich von römischen Legionären nageln ... Weißt du was? Bei uns ...», Ferat winkte Max näher heran und senkte die Stimme, «sagen einige, Jesus war selber schwul!»

«Schwul?», fragte Max.

Ferat sah sich nervös um, nahm wieder Abstand und machte eine Geste, als würde er sich die Hände waschen. «Würde ich nie behaupten.» Er legte sich die gewaschene Rechte aufs Herz. «Er ist immerhin ein Prophet. Und hat 'ne Menge Gutes getan, euer Jesus.»

Max kicherte. «Du bist ein abgefahrener Weihnachtsmann.»

Ferat legte seinen Arm um Max und nahm ihn fest in den Blick. «Ey, Alter, wenn ich auch manchen Mist erzähle, eins schwör ich dir: Auf mein Wort kannst du dich verlassen – echt, Mann!» Ferats Augen funkelten stolz. Zur Bekräftigung drückte er Max an sich.

«Du bist ganz bestimmt nicht mein Vater», stellte Max feierlich fest und fügte voller Begeisterung hinzu: «So cool. Wenn ich das Michi erzähle!»

Dann saßen sie eine Weile schweigend. Es dauerte nicht lange, bis Max noch etwas einfiel: «Wenn du nicht mein Vater bist und auch nicht der Weihnachtsmann – wer bist du dann?»

«Ach. Das ist eine lange Geschichte. Und geheim ... Nordpol, weißt du?»

Max rückte näher an ihn heran. «Erzähl sie mir, bitte!»

Ferat runzelte die Stirn. «Kann ich nicht.»

«Okay. Dann rück wenigstens die Geschenke raus. Oder willst du warten, bis meine Eltern wieder auftauchen? Dann fliegt die Sache sowieso auf.»

Ferats Augen weiteten sich vor Entsetzen. «Was redest du da für einen Scheiß?»

«Ich weiß schon, was meine Eltern von deiner Weihnachtsgeschichte halten! Besonders freue ich mich auf den Teil mit den Jesuslatschen ...»

Ferat dachte einen Moment nach. Dann legte er seinen Arm wieder um die Schulter des Jungen. «Wir sind Freunde, klar? Ich erzähle dir meine Geschichte. Dafür erzählst du mir, was ich tun muss, um der perfekte Weihnachtsmann zu sein. Okay?»

Max sah ihn lange an. «Du zuerst.»

«Du. Deine Eltern können jeden Moment aufkreuzen ...»

Max überlegte. Der ominöse Weihnachtsmann hatte recht. Und ihm ja auch schon eine Menge verraten. Er war kein Weihnachtsmann, sondern ein Erwachsener in geliehenem Kostüm. Er war nicht sein Vater, benutzte mitunter fremd klingende Wörter und hatte keine Ahnung von der Bibel. Das war schon hundertmal mehr Ehrlichkeit, als er an diesem Abend erwartet hatte. «Na gut», lenkte er ein. «Wenn meine Eltern kommen, stelle ich mich vor den Baum. Du bleibst auf dem Sofa sitzen und spielst einen alten Mann. Machst zum Beispiel ein gutmütiges Gesicht und murmelst so was wie», Max senkte die Stimme, «gut, mein Junge, ich höre!»

«Okay», nickte Ferat bereitwillig. «Das ist zu schaffen.»

«Du fragst mich, ob ich im vergangenen Jahr schön brav war ...»

«... warst du?»

«Nordpol», sagte Max, zwinkerte mit einem Auge und fuhr fort: «Dann fragst du mich nach dem Gedicht.»

Ferat wischte sich über die Stirn. «Gedicht? Scheiße, Mann! Ist das ein Folterfest, oder was?»

«Wieso?»

«In der Schule hab ich nie mehr als die erste Strophe geschafft. Und alle haben gelacht ... Es war furchtbar. So viel zum Thema Gedicht. Ich sag dir: Nie wieder!»

«Nicht du musst das Gedicht aufsagen, sondern ich! Ich schaff das schon, vertrau mir.»

«Du? Na gut. Und dann?»

«Dann gibst du mir mein Geschenk.»

«Geschenk, klar.» Ferat nickte versonnen. Dann schlug er sich mit der flachen Hand vor die Stirn. «Scheiße, verdammte! Ich hab gar kein Geschenk für dich!»

«Waaaas?»

«Echt nicht. Ich konnte doch nicht wissen, dass ich hier lande!»

«Wie bitte?»

«Ich war nur zufällig in der Nähe, bis ...», setzte Ferat zu einer Erklärung an, doch dann brach er ab. «Ach was. Vergiss den Deal.»

Max rückte enttäuscht von ihm ab. «Im Ernst?» Er verschränkte die Arme. «Ich soll dir helfen, hier heil wieder rauszukommen, und du hast nicht mal ein Geschenk?»

Ferat überlegte lange. Und seufzte. «Was hast du dir denn gewünscht», fragte er schließlich.

Max schwieg. Dann sah er mit leuchtenden Augen zu ihm auf.

«Mach's nicht so spannend!»

«Einen Bruder», sagte Max endlich.

«Einen ... was?»

«Es ist so bescheuert, das einzige Kind in der Familie zu sein. Ständig steht man unter Beobachtung. Max hier, Mäxchen da. Und immer hängt mein Paps zu Hause rum. Ich brauche dringend ein Brüderchen! Damit die mal mit was anderem beschäftigt sind.» Max schwieg einen Moment und setzte dann feierlich hinzu: «Oder ein Handy.»

Ferat zog seines aus der Tasche. «Okay, ich kann dir meins ...»

«Bist du total plemplem?», empörte sich Max.

Ferat zuckte resigniert mit den Schultern. «Was anderes hab ich nicht, Mann.»

Sie schwiegen eine Zeitlang.

«Was ist denn da drin?», fragte Max schließlich und trat mit dem Fuß gegen Ferats Jutesack.

«Tut mir leid, Mann. Das ist nicht für dich», sagte Ferat und sah mit unbewegter Miene an ihm vorbei.

Aber Max ließ sich nicht beirren und nickte in Richtung des Corpus Delicti. «Da ist doch was drin!»

Ferat zögerte. Er musterte Max lange und durchdringend. Dann zog er den Sack zu sich heran und öffnete ihn vorsichtig. Max lugte hinein. «Geil!»

Schneller, als Ferat die Öffnung wieder schließen konnte, hatte Max die Waffe herausgezogen. Er hielt sie, als habe er sein Lebtag nichts anderes getan. Und richtete den Lauf auf Ferat.

«Moment mal! Das ist kein Spielzeug!», wisperte der mit trockener Kehle.

«Wow!» Max wog die Waffe abschätzend in der Hand. «Die ist echt!»

Ferat biss sich auf die Lippen und streckte den Arm aus. «Gib sie her! Ist nur geliehen.»

«Sag mal, gehört dir eigentlich auch irgendwas?»

«Nicht viel», gab Ferat zu.

Max' Augen glänzten. «Die ist wirklich echt, stimmt's?»

Ferat wich dem Blick des Jungen aus. Er wusste, dass seine Augen ihn verraten würden. Das taten sie immer. Er sollte sich angewöhnen, eine Sonnenbrille zu tragen.

«Wenn du mir nichts verraten willst, dann probier ich's einfach aus.»

Ferat riss die Augen auf. Max schwenkte den Lauf der Waffe von ihm weg und in die Zimmerecke, in der das Aquarium vor sich hin plätscherte.

«Nein!», schrie Ferat.

Grinsend sah Max ihn an und ließ die Waffe sinken. «Geil! Sie ist echt!»

Von der Zimmertür her zerriss ein schrilles Aufkreischen die weihnachtliche Stille: Kerstins Schrei ging ansatzlos in Worte über. «Ich will dieses scheußliche Ding nicht mehr in deiner Hand sehen.»

Max umklammerte die Pistole und drückte sie an seine Brust. «Aber das ist das coolste Geschenk, das ich jemals vom Weihnachtsmann bekommen habe!»

«Die Pistole? Die hast du doch von Opa.»

«Die nicht! Die hat der Mann mitgebracht.»

Die Frau warf Ferat einen vernichtenden Blick zu. «Das ist nicht wahr!»

Ferat zuckte vage mit den Schultern.

«Wer sind Sie?», fragte Kerstin mit stechendem Blick.

«Ich? Der Weihnachtsmann.»

«Wie kommen Sie dazu, meinem Sohn eine Waffe zu schenken?»

Ferat nahm den Jutesack und erhob sich. «Ey, ich hatte nix anderes. Von mir aus kann Max das Ding behalten. Aber Vorsicht, die ist echt.»

Kerstin musste sich setzen. «Wie bitte?»

Warum nicht?, dachte Ferat. Er wollte die dämliche Knarre sowieso so schnell wie möglich loswerden. Also konnte er sie auch gleich an Ort und Stelle verschenken. Er hatte sich vom Sofa erhoben. Schritt für Schritt bewegte sich Ferat Richtung Ausgang. Und zog den schweren Sack hinter sich her. Doch so leicht ließ sich eine deutsche Powerfrau nicht übertölpeln.

«Halt!»

«Gehen Sie zur Seite!», sagte Ferat bedrohlich. Er ballte die Faust um den Stoff des Sackes. «Oder ich muss Gewalt anwenden.»

«Lass meine Mutti in Ruhe!», schrie Max hinter Ferats Rücken. Ferat spürte, dass die Waffe genau auf ihn gerichtet war.

«Du kannst die Pistole behalten, Max. Aber lass mich gehen, okay? Denk an unseren Deal!»

«Welchen Deal?», brüllte Kerstin.

Er spürte, wie Max nachdachte. Dann fügte Ferat mit weicher, beinahe zärtlicher Stimme hinzu: «Unter Brüdern, Max. Wir sind doch Brüder, oder?»

Max wuchs um gefühlte zehn Zentimeter. Nur seine Mutter machte immer noch keine Anstalten, Ferat aus dem Weg zu gehen. «Wo ist mein Mann?», fragte sie in scharfem Tonfall.

Ferat hob die Schultern. «Woher soll ich das wissen? Bin ich die Auskunft?» Er schob Kerstin jetzt einfach zur Seite und war entschlossen zu gehen. Wenn Max ihn nicht vorher erschießen würde ...

«Bleib stehen», rief der Junge mit fester Stimme.

Bruder!, dachte Ferat und schloss die Augen. Allah, steh mir bei. Er machte ein paar Schritte auf die Tür zu und merkte erstaunt, dass er nichts merkte: Er lebte noch. Also schlug er die Augen wieder auf, drückte die Klinke und trat in den Flur. Dort blieb er wie versteinert stehen. Blaues Licht flirrte über die Wände. Mindestens ein Dutzend Streifenwagen mussten vor dem Haus stehen. Und durch die Milchglasscheibe in der Eingangstür konnte Ferat zwei Gestalten erkennen. Schon schrillte die Klingel. Das Geräusch fuhr ihm direkt ins Mark, und für einen kurzen Moment verlor er die Kontrolle über seine Knie. Dann fing er sich und huschte nach rechts weg. Er öffnete eine schmale Tür und landete im Gästeklo. Die Powerfrau erschien hinter ihm im Flur und starrte ihn zornig an. Jetzt hatte er nur noch eine Chance: die Wahrheit sagen. Er setzte seinen wirkungsvollsten Hundeblick auf und sah Kerstin flehend an. «Bitte», säuselte er, «verraten Sie mich nicht. Meine Frau bekommt ein Baby!»

Ferat sah, wie ihr Blick zuerst unsicher wurde, dann weich. Dankbar schlüpfte er in die Toilette und zog die Tür hinter sich zu.

Kerstin öffnete die Eingangstür. Vor ihr stand Jobst – mit einem Gesichtsausdruck fast wie damals, als sie ihm eröffnet hatte, dass sie künftig für das Casting der männlichen Unterwäsche-Models zuständig sein würde. Neben ihm hatte sich ein bulliger Polizist postiert: mit schwarzer Lederjacke, Quadratschädel und Bürstenhaarschnitt. Und jetzt zerrte er einen weiteren Beamten hinter seinem Rücken hervor. Der Mann war das genaue Gegenteil seines Kollegen: kleiner, ein wenig rundlich und mit einem weichen, fast kindlichen Gesicht. Prompt verpasste der Vierschrötige dem Mann auch noch einen Klaps auf den Hinterkopf. Dann wandte er sich an Kerstin: «Entschuldigen Sie, aber das ist alles *seine* Schuld.»

Bernd rieb sich verlegen den Kopf, während Kerstin ratlos ihren Mann anstarrte.

«Fall ja nicht auf die beiden rein», flüsterte Jobst. «Sie sehen aus wie Polizisten, aber in Wirklichkeit sind das zwei Clowns, aus irgendeinem Zirkus entlaufen.»

«Was hat er gesagt?», fragte der große Polizist den kleinen.

«Irgendwas mit Fall für den Zirkus, oder so», sagte Bernd schulterzuckend.

«Sieh dich vor, Freundchen!», drohte der Bullige in Jobsts Richtung. «Wir können dich auch wieder mitnehmen.» Dann drängelte er sich zur Haustür vor und streckte Kerstin seine Pranke hin.

«Laurus. Steffen Laurus. Bitte entschuldigen Sie die Störung am Heiligen Abend. Wir hatten Ihren Mann versehentlich verhaftet.»

«Verhaftet?», fragte Kerstin mit unbewegter Miene. «Versehentlich?»

Steffen Laurus trat verlegen von einem Stiefel auf den anderen. «Wie gesagt, es tut uns leid.» Und als er bemerkte, wie Kerstins Gesicht sich immer mehr verfinsterte, fügte er etwas ungehalten hinzu: «Sie haben wohl noch nie einen Fehler gemacht, was?»

Kerstin hatte genug gehört. Rigoros zog sie Jobst hinter sich in den Hausflur, wünschte den beiden Ordnungshütern frohe Weihnachten und mehr Erfolg fürs neue Jahr und warf die Tür ins Schloss. Dann drehte sie den Schlüssel zweimal um und wandte sich erleichtert ihrem völlig erledigten Ehemann zu. Sie umfasste seine Hände und wollte etwas Tröstendes sagen. Doch Jobst hatte sich bereits wieder gefangen und kam ihr zuvor. «Stell dir vor, die suchen einen Räuber im Weihnachtsmannkostüm! Er hat einen bewaffneten Überfall auf den Baumarkt verübt. Einen Überfall! Mit einer Waffe! Direkt in unserer Nachbarschaft! Und das an Heiligabend! ... Aber Liebling? Was ist mit dir?»

Kerstin war totenblass geworden. Sie bekam keinen Pieps heraus und suchte erst einmal Halt an der Wand.

Mit einem Kopfnicken deutete sie auf die Tür zum Gästeklosett.

«Was ist? Musst du mal?», fragte Jobst besorgt. «Oder ist dir schlecht vom Eierlikör?»

Sie schüttelte den Kopf. In dem Moment rauschte die Toilettenspülung. Kerstins Augen weiteten sich entsetzt.

«Was hast du denn? Ist irgendwas mit Max nicht in Ordnung? Hat er einen Chinaböller im Klo versenkt?»

Wieder Kopfschütteln.

«Mein Gott, Kerstin! Wir sind hier doch nicht bei *Wer wird Millionär?*.»

Kerstin starrte ihn unverwandt an. Dann gab sie sich einen Ruck. Endlich hatte sie ihre Fassung zurückerrungen. Konzentriert und ruhig flüsterte sie Jobst zu: «Okay, das ist jetzt die Eine-Million-Euro-Frage: Auf der Toilette befindet sich eine Person. Ist es A) das Christkind, B) der Osterhase, C) der Heilige Geist oder ...» Sie machte eine vielsagende Pause. «Oder ist es D) ein gesuchter Baumarkträuber?»

«Das ist nicht dein Ernst, oder? Du meinst ... da drin ...?» Jobst blickte ungläubig auf die Tür mit dem kleinen, messingfarbenen Männeken Pis.

Kerstin nickte und machte Augen groß wie Billardkugeln.

«O mein Gott!», stöhnte Jobst. «Ist es denn so viel verlangt, einmal im Jahr friedlich mit seiner Familie Weihnachten zu feiern?»

In diesem Moment ertönte von der Toilette eine elektronische Melodie: «Rudolph, the Red-Nosed Reindeer». Jäh brach das Gedudel ab, stattdessen erklang dumpf eine Männerstimme: «Gözde, Liebling, wie geht's dir?»

Kerstin und Jobst sahen sich an. «Ist er bewaffnet?», flüsterte Jobst mit schwacher Stimme.

«Max hat ihm die Waffe abgenommen», flüsterte Kerstin zurück.

Dankbar schloss Jobst die Augen. «Sollen wir die Polizei holen? Solange er noch da drin hockt?», fragte er dann.

Kerstin schüttelte entschieden den Kopf. «Auf gar keinen Fall. Seine Frau ist schwanger.»

«Wie bitte?» Langsam kam Jobst wirklich nicht mehr hinterher.

Kerstin betrachtete ihn zärtlich. «Sie erwartet ein Kind. Willst du schuld daran sein, dass es ohne Vater aufwächst? Oder dass die Frau eine Fehlgeburt erleidet? Willst du das?» Ihre Reaktion war heftiger als erwartet.

Eingeschüchtert schüttelte Jobst den Kopf. «Na gut», willigte er ein. «Also keine Polizei. Die Brüder hab ich sowieso satt. Die bringen es fertig und behaupten, wir stecken mit dem Typen unter einer Decke.»

Plötzlich gellte die Türklingel. Kerstin und Jobst warfen sich einen Blick zu. Durch das Milchglas flackerte immer noch Blaulicht. Sie erkannten die Lederjacke. Die beiden standen wie angewurzelt.

«Mist! Was machen wir jetzt?», fragte Kerstin mit zitternder Stimme.

«Wir müssen öffnen», sagte Jobst, während er bereits den Schlüssel im Schloss umdrehte.

Vor der Tür stand wieder Steffen Laurus, ein gezwungenes Lächeln auf den Lippen. Hinter seinem Rücken versteckte sich der kleinere Polizist. «Entschuldigen Sie die erneute Störung, aber wären Sie so freundlich, uns zu sagen, was sich hinter dieser Tür befindet?» Laurus zeigte aufs Gäste-WC.

«Wonach sieht es denn aus? Die Toilette natürlich!» Kerstin hatte sich vom ersten Schock erholt und ging gleich wieder zum Angriff über.

Hinter der Tür war leises Gemurmel zu hören.

«Wissen Sie, man kann hineinsehen von draußen», sagte Laurus und runzelte bedeutungsvoll die Stirn.

«Ach, ist uns noch gar nicht aufgefallen», konterte Jobst ironisch. «Wir wohnen hier ja erst seit ein paar Jahren.»

«Aber», sagte der Polizist mit schiefem Grinsen, «wissen Sie auch, dass da jemand sitzt? Auf Ihrer Gästetoilette?»

«Natürlich», sagte Jobst so herablassend wie möglich. «Heutzutage sind diese Dinger tatsächlich so ausgelegt, dass man bequem darauf Platz nehmen kann.»

Steffen Laurus überging Jobsts sarkastische Bemerkungen so gut er konnte. Stattdessen fragte er unbeirrt weiter: «Würden Sie uns denn auch netterweise verraten, wer das ist, der da auf Ihrer unglaublich bequemen Kloschüssel sitzt?»

Jobst sah den Polizisten an, als hätte er die Frage nicht verstanden.

Steffen wiederholte: «Der Typ da auf Ihrem Klo, wer ist das? Nun rücken Sie schon raus mit der Sprache!»

Gerade als Jobst kurz davor war, einzuknicken und die Wahrheit zu verraten, kam Kerstin ihm rettend zuvor. «Wenn Sie ihn schon gesehen haben, warum fragen Sie dann überhaupt noch? Auch der Weihnachtsmann muss mal für kleine Nikoläuse.»

«Aha! Sie geben also zu, dass es der Weihnachtsmann ist!», fuhr plötzlich Bernd scharf dazwischen.

Jobst schaltete auf stur. «Sagen Sie, gibt es bei Ihnen auf der Wache kein Klo?»

«Natürlich. Was denken Sie denn?», warf Bernd sich in die Brust.

«Dann schnüffeln Sie doch einfach dort noch ein bisschen herum!»

Steffen Laurus wölbte währenddessen die Lippe vor. Seine Augen blitzten triumphierend. Trotz Jobsts Ablenkungsmanöver war er sich seiner Sache hundertprozentig sicher. Und bereits im Begriff, seine Hand auf die Klinke der Toilettentür zu legen. Da mischte sich Kerstin ein: «Finden Sie nicht, dass Sie unser Weihnachtsfest bereits genug gestört haben? Auf dieser Toilette befindet sich nicht irgendein Weihnachtsmann ...»

«Nein, allerdings nicht ...», fiel ihr Steffen mit blitzenden Augen ins Wort.

«... sondern», fuhr Kerstin unbeirrt fort, «der von uns bestellte, von der Arbeitsagentur vermittelte Weihnachtsmann!»

«Ja», beeilte sich Jobst beizupflichten. «Unser bestellter Weihnachtsmann!»

Steffen Laurus zog die Hand von der Klinke zurück, als habe er sich verbrannt. «Der von Ihnen bestellte ...?»

«... und sehnsüchtig erwartete», ergänzte Jobst. Und dann entlud sich seine ganze Frustration. Er brüllte: «Damit wir endlich unseren Heiligen Abend feiern können!»

Mechanisch zog Steffen Laurus seine Dienstmütze unter der Achsel hervor, setzte sie auf den Kopf und grüßte militärisch.

«Falls Ihnen ein Weihnachtsmann auffällt, den Sie *nicht* bestellt haben ...», weiter kam Bernd nicht, denn da zog Laurus ihn schon am Arm hinter sich her. «Klappe!», presste er durch die mahlenden Kiefer.

«Frohes Fest noch!», rief Bernd im Rückwärtsgang. Dann stolperte er über die Stufen und dem Kollegen in den Rücken. Aneinandergeklammert schlitterten sie den Weg hinab und purzelten auf dem Gehweg in den Schnee. Wortlos sammelten sie ihre heruntergefallenen Utensilien zusammen und trollten sich in Richtung Streifenwagen.

Jobst zitterte vor Wut. Mit ganzer Kraft hatte er die Tür zugeschlagen und seine Bewegungen nun noch nicht wieder unter Kontrolle. In dem Moment hob der Weihnachtsmann auf der Toilette seine Stimme: «Klar weiß ich, dass du schwanger bist! Bloß sitze ich hier gerade fest, verdammt noch mal!»

Kerstin warf Jobst einen prüfenden Blick zu. «Du hast doch wohl nicht vergessen, das Klopapier aufzufüllen, oder?»

Ohne dass sie es bemerkt hatten, war Max mit glänzenden Augen und roten Wangen zwischen seine Eltern getreten. «So viel steht fest», strahlte er. «Das ist das coolste Weihnachten, das ich je erlebt habe!»

Irritiert schaute Jobst auf seinen Sohn hinunter.

Kerstin legte einen Finger auf die Lippen. «Schhhh.» Drei Ohren legten sich auf das Holz der Toilettentür.

«Entschuldige, gözde, ich habe es nicht so gemeint … Ich weiß … in deinem Zustand … Ich tue es nur für uns … und für unseren Sohn!»

Kerstin seufzte und schmiegte die Wange ans Holz.

«Auch wenn's die Wehen sind», klang es von jenseits der Tür. «Du musst mich erst hier rausholen. Ich hab die Kohle. Aber ich stecke in der Falle! Sterntalerweg Nummer ...»

«Sieben», ergänzte Jobst von vor der Tür.

«Danke», kam es von hinter der Tür zurück.

«Sieben, hörst du. Und wenn ich zu Hause bin, wird gefeiert, gözde. Dann gibt es einen dicken Schmatz auf deinen dicken Bauch. Und auf den Nabel. Und auf die Brüste. Und auf ...»

Geistesgegenwärtig unterband Kerstin die telefonische Anatomiestunde, indem sie Max die Ohren zuhielt. Der schaute unschuldig zu seinen Eltern auf. «Eine von den Sachen, die ich noch nicht wissen darf?»

Jobst und Kerstin sahen sich ratlos an.

«Ja. Ich liebe dich auch», kam es da von hinter der Tür.

Gerührt von so viel junger Liebe schlossen sich Jobst und Kerstin in die Arme. Ihre Lippen senkten sich aufeinander. Max lächelte zufrieden. Vielleicht würde es ja doch noch etwas mit dem Brüderchen. Er musste bloß dafür sorgen, dass sein Vater nicht wieder verhaftet wurde.

«Fahr langsamer», schrie Bernd und schlug Steffen auf den Arm. Der Wagen geriet ein wenig ins Schleudern.

«Willst du, dass wir im Graben landen?», schrie Steffen zurück, als er die Gewalt über das Fahrzeug wiedererlangt hatte. Er war sauer wie eine Schiffsladung Zitronen. Wenn es nach ihm gegangen wäre, würde er Bernd zur Strafe in altem Frittierfett sieden lassen.

«Da! Schau doch!» Bernd deutete zur Beifahrerseite hinaus. Die Neonreklame einer Tankstelle glitt vorüber, der hell erleuchtete Shop, der Kassenbereich. Steffen kniff die Augen zusammen, und sein Blick zoomte durch die Glasfront. An der Kasse stand ein Weihnachtsmann. Er trug eine ganze Kiste «Kleiner Feigling» unter dem Arm. Und in der anderen Hand ein Bündel kleiner Scheine. Ein ganzes Bündel!

«Siehst du auch, was ich da sehe», flüsterte Bernd.

Steffen kniff die Augenlider zusammen und spähte an Bernd vorbei, während das Auto der Bordsteinkante bedenklich nahe kam. «Er zahlt mit Fünfern und Zehnern.»

Bernd nickte. «Und was für ein Haufen davon!»

Steffen runzelte die Stirn. «Meinst du, der zahlt zu viel für die paar Schnäpse?»

Bernd schüttelte den Kopf: «Quatsch, ich frage mich, woher der Typ die ganze Kohle hat!»

Jetzt fiel endlich auch bei Steffen der Groschen. Er riss das Steuer herum und machte kehrt. Mit quietschenden Reifen schlitterte der Streifenwagen auf den überdachten Vorplatz der Tankstelle. Die Karosserie ächzte, als die Räder auf den Bordstein prallten. Steffen wollte gerade aussteigen, da gab es einen heftigen Knall, und der Wagen machte noch einen Satz nach vorn. Er wandte sich um und sah das schreckverzerrte Gesicht von Ingo hinter der Windschutzscheibe des zweiten Polizeiwagens. Ratlos hob Steffen die Hände und ließ sie wieder auf das Lenkrad sinken.

Bernd war unterdessen zum zweiten Streifenwagen geeilt und fuchtelte wild mit den Händen. «Schhh. Nicht so laut. Er wird sonst auf uns aufmerksam und flieht!»

«Wer?», fragte Ingo durchs hinuntergelassene Fenster.

«Der Weihnachtsräuber!», sagte Bernd und deutete in den Tankshop.

Die Kollegen folgten der Richtung seines Zeigefingers. Starrten durch die Scheibe und sahen, wie ein Weihnachtsmann mit einer Schachtel «Kleiner Feigling» auf dem Arm zurückstarrte. Sein Gesicht war grau und unrasiert, der Blick nicht ängstlich, aber überrascht.

«Schnell rein, bevor er abhaut!», schrie Steffen und zog seine Waffe.

Als Ferat von der Toilette kam, wunderte er sich über das Empfangskomitee vor der Tür. Die drei Bethmanns standen im Halbkreis um ihn herum und starrten ihn an. Er begann zu stammeln. «Haben Sie ... etwa ... mitgehört?»

Kerstin sah ihn verträumt an. «Es ist so ... rührend!»

«Rührend?», fragte Ferat verwundert. Da entdeckte er die Waffe in Mäxchens Hand. Mit einer raschen Bewegung riss er sie an sich.

«Hey», beschwerte sich Max, «das ist meine!»

«Schluss mit lustig! Aber so was von!» Ferat hob die Pistole. Kerstin blickte ihn herausfordernd an. Unbeirrt drängte Ferat sie aus dem Flur. «Aufs Sofa!»

«Meine Gans verbrennt!», protestierte Kerstin.

«Meine Frau erwartet ein Kind, was kümmert mich da Ihre Gans?», schrie Ferat.

«Was sind Sie bloß für ein Kerl, dass Sie Ihre Frau in so einem Moment allein lassen, um unschuldige Familien zu terrorisieren», schimpfte Kerstin.

«Moment mal!», beschwerte sich Ferat. «Das lass ich mir nicht bieten!»

Max zupfte seinen Vater am Hemd.

«Nicht jetzt, Mäxchen!», zischte der.

Ferat tippte sich mit dem Lauf der Waffe gegen die Brust. «Sie hat *mich* im Stich gelassen, klar! Nicht umgekehrt!»

«Papperlapapp! Sie sind ein erbärmlicher Schlappschwanz!» Kerstin hatte einen hochroten Kopf.

Ferat stieß Luft durch die Zähne. Das ging eindeutig zu weit! «Sie halten jetzt sofort die Klappe, sonst sind Sie in null Komma nichts genauso tot wie Ihre dumme Gans!»

«Papa», meldete Max sich wieder. «Es ist wichtig.»

«Jetzt nicht, Max! Du siehst doch, was hier los ist!»

Ferat und Kerstin standen sich Auge in Auge gegenüber. Ferat war ein wenig größer, aber die Nasenspitzen berührten sich fast. Sie wechselten einen langen Blick, der allmählich anfing, Jobst nervös zu machen. Was lief hier eigentlich ab zwischen diesem Möchtegern-Weihnachtsmann und seiner Ehefrau? Da klatschte Kerstin in die Hände. «Schluss jetzt mit dem Theater! Wir bringen Sie auf der Stelle zu Ihrer Frau!»

«Kerstin! Unser Weihnachtsfest!», sagte Jobst vorwurfsvoll. Und fügte dann mit leiser Stimme hinzu: «Mäxchens Weihnachtsfest.»

Zärtlich strich sie Max über die Wange. Dann legte sich ein Ausdruck von Härte auf Kerstins Gesicht. «Es gibt Wichtigeres», sagte sie. «Ein Kind muss geboren werden. Seine Frau braucht ihn jetzt!»

«Moment mal, Kerstin, der hat einen Baumarkt ausgeraubt. Die Polizei sucht nach ihm!»

«Das tut doch jetzt überhaupt nichts zur Sache!»

«Wie bitte?» Jobst schnappte nach Luft.

«Er macht es für seine Familie, mein Gott, verstehst du das nicht?» Wieder glänzten ihre Augen. «Jobst», bat sie etwas versöhnlicher, «es ist doch das Fest der Liebe!»

«Hey!» Nun ergriff Ferat das Wort. «Darf ich vielleicht auch mal was sagen?» Er konnte nicht länger zulassen, dass diese Frau ihm die ganze Sache aus der Hand nahm. Schließlich war das sein Ding. Und was das Talent anbetraf, sich in den ungünstigsten Momenten einzumischen, rangierten deutsche Powerfrauen in der ewigen Hitliste gleich hinter dem Titanic-Eisberg. Das war auch einer der Gründe, warum Ferat sich seit ein paar Wochen gar nicht mehr so sicher war, ob er tatsächlich bei der Entbindung dabei sein wollte. Bea im Team mit einer deutschen Hardcore-Hebamme? Besser, er hielt sich da raus. Aber verschwinden musste er von hier. Die Pistole, die er in der Hand hielt, konnte helfen. Und obwohl er schnell gemerkt hatte, dass es nur die Spielzeugpistole von Max war, befahl er nun im Brustton der Überzeugung: «Ey, aufs Sofa. Alle drei. Aber yalla!»

Max warf ihm einen erstaunten Blick zu. Ferat ließ ihn nicht aus den Augen.

«Sie müssen hier nicht den Macker markieren!», sagte Kerstin. «Ich finde das wundervoll mit dem Raub. Sie tun es für Ihre kleine, junge Familie ... Das nenne ich Eigeninitiative! Das Schicksal in die eigene Hand nehmen!»

«Kerstin!», mahnte Jobst. «Es ist eine Straftat!»

«Er hat ein gutes Herz, Jobst», mahnte Kerstin.

«Und einen knackigen Hintern?», fragte er mit bitterem Unterton.

Kerstin verschlug es glatt die Sprache. Mit Eifersucht hatte sie in diesem Moment wohl nicht gerechnet.

Ferat zielte mit dem Lauf der Waffe auf das Familienoberhaupt der Bethmanns. «Mann, halt die Klappe!», schrie er hysterisch. «Was ist das überhaupt für ein Name – Obst? Ein Spitzname? Ein Geheimcode? Was geht da ab? Glaubt ihr immer noch, ihr könnt mich verarschen!»

Jobst hob beschwichtigend die Hände. «Schon gut, schon gut! Nicht die Nerven verlieren!» Und zu seiner Frau gewandt, fügte er hinzu: «Er wird mich noch abknallen vor lauter Gutherzigkeit!»

«Aufs Sofa jetzt! Und Klappe halten!», schrie Ferat.

«Nein. Der ist es auch nicht.» Romy schob den Kaugummi von einer Backe in die andere und wandte sich gelangweilt ab.

«Hab ich Ihnen doch gleich gesagt», sagte Kurt mit schwerer Zunge.

Steffen gab Bernd den obligatorischen Klaps auf den Hinterkopf, der diesmal noch ein bisschen heftiger ausfiel als sonst. «Mann, das ist jetzt schon der Zweite, den wir aus Versehen verhaftet haben – und alles nur deinetwegen!», schrie er.

«Es sah so eindeutig und logisch aus», verteidigte sich Bernd und raufte sich die Haare.

«Kann ich jetzt nach Hause gehen?», fragte Romy. «Oder bringen Sie mir noch einen Kandidaten? Vielleicht zur Abwechslung mal einen hübschen, jungen, unverheirateten?»

Steffen schoss auf sie zu. «Aha. Der Täter war also jung und hübsch?»

Aber Romy war auf der Hut. «Normalerweise sind Weihnachtsmänner doch alt und weißhaarig», sagte sie unbestimmt.

«Das wissen wir auch», zischte Steffen. «Aber unter dem Kostüm? Haben Sie etwas erkannt? Außer der Augenfarbe?»

Romy sah ihn lange an, dann schweiften ihre Gedanken ab. Sie dachte an Ferat. An sein Lachen, seine lässigen Sprüche, wenn mal wieder etwas schiefging. Was eigentlich dauernd passierte. Einmal hatte er die halbe Saunaausstellung in Brand gesetzt, weil er dort heimlich geraucht hatte ... Und dennoch verbreitete er immer gute Laune mit seinem *hadi yalla*! Sie mochte Ferat wirklich. Auch wenn er längst nicht mehr ihr Kollege war: Was hatte sie davon, wenn man ihn einlochte? Das Geld würde sicherlich ohnehin von irgendeiner Versicherung ersetzt werden ... Romy atmete tief durch. Dann sagte sie: «Nee, außer den Augen hab ich sonst nix gesehen.»

«Und an denen haben Sie erkannt, dass er jung war?», hakte Bernd nach.

Romy blieb auf der Hut. Sie spürte, dass der jüngere Polizist bei aller Trotteligkeit derjenige war, der ihr auf die Schliche kommen könnte. Er ließ sich jedenfalls nicht so leicht reinlegen. «Er hatte eben keine Falten, keine Krähenfüße und so. Sie wissen schon, diese hässlichen Dinger in den Augenwinkeln», sagte sie trotzig. «Aber mehr ist mir wirklich nicht aufgefallen. Ich hatte eine Scheißangst, Mann!»

«Haben Sie eigentlich Zellen hier im Präsidium?»,

mischte sich nun der deutlich lallende Weihnachtsmann ein. «Und sind die zufällig beheizt?»

«Was denken Sie denn!», sagte Bernd trocken. «Wir sind schließlich nicht mehr im Mittelalter.»

Hinter Romys und Kurts Rücken machte Steffen eine energische Geste, um Bernd zum Schweigen zu bringen. Aber der war völlig auf Kurt fixiert.

«Und ein warmes Essen bekommt man doch bestimmt auch», fragte Kurt durch seinen Weihnachtsmannbart. «Und Frühstück am Morgen?»

«O ja», nickte Bernd, «an Weihnachten gibt es sogar Gans mit Rotkohl.»

«Wissen Sie was?», sagte Kurt und lächelte breit durch seinen Bart. «Ich glaub, ich will ein Geständnis ablegen. Ich war es. Ich hab die Bank ausgeraubt.»

«Es war keine Bank», sagte Steffen jetzt herrisch, «sondern ein Baumarkt.»

«Sag ich doch. Der Überfall im Baumarkt, das war der alte Kurt.»

«Und die Beute?», fragte Steffen mit zusammengepressten Lippen.

«Versteckt», antwortete Kurt nach kurzem Zögern. Erwartungsvoll blickte er in die Runde.

Romy stand der Mund vor Staunen weit offen. Warum eigentlich nicht?, dachte sie. Wenn der Mann unbedingt ins Gefängnis wollte? «Er könnte es gewesen sein», sagte sie schnell und zwinkerte dem Alten zu. Kurt zwinkerte zurück.

Steffen verschränkte die Arme. «Ihr glaubt wohl, ihr könnt uns für dumm verkaufen?!»

Kurt und Romy sahen sich verschwörerisch an.

«So läuft das nicht.»

Offene Enttäuschung im Gesicht der beiden.

«Das ist Irreführung der Staatsgewalt!»

«Stimmt!», sagte Bernd.

«Kommt man dafür ins Kittchen?», fragte Kurt hoffnungsfroh.

«Schluss jetzt!», schrie Steffen. «Verschwindet, ihr Gauner! Alle beide!»

Romy erhob sich, langsam, kaugummikauend. Aber Kurt wollte noch nicht aufgeben. «Und wenn ich ein Geständnis unterschreibe? Ihr seid doch bestimmt auch froh, wenn ihr den Job von der Backe habt ...»

Da riss Steffen endgültig der Geduldsfaden. «Wir verhaften keine Unschuldigen!», brüllte er.

Woraufhin Bernd kleinlaut hinzufügte: «Jedenfalls nicht mit Absicht.»

Als Max sich auf das Sofa sinken ließ, spürte er etwas Hartes unter seinem Hintern. Er überlegte einen Moment. Dann schlich sich ein Lächeln auf sein Gesicht. Die Pistole – und zwar die echte. Ferat hielt ja die falsche in der Hand!

«So, und was jetzt?», fragte Jobst im Tonfall eines Flugkapitäns, der gerade bemerkt hat, dass beide Triebwerke Feuer gefangen haben.

«Jetzt müssen wir uns überlegen, wie der junge Mann heil aus dieser Nummer rauskommt», sagte Kerstin besorgt.

Jobst verdrehte die Augen. «Wenn du gemeinsame Sache mit ihm machen willst, handele vorher deinen Anteil an der Beute aus!», fuhr er seine Frau an.

Kerstin reagierte beleidigt. «Ich will doch nur, dass seine Familie nicht leiden muss. Und sein Kind. Es ist noch nicht einmal geboren ...»

Ferat schaute entnervt in die Runde. «Ich habe nicht viel Zeit, verstehen Sie? Sie haben nicht zufällig etwas zum Fesseln im Haus?»

Jobst stieß Luft durch die Nase. «Hat man so was schon erlebt? Soll ich Ihnen noch die Waffe halten, mit der sie mich erschießen?»

«Wie wäre es mit der Lichterkette?», schlug Kerstin vor.

«Lichterkette?», fragte Ferat und sah sich im Zimmer um. «Ich sehe nur Kerzen!»

«Als Mäxchen noch kleiner war, war uns das zu gefährlich.» Kerstin deutete mit dem Kinn auf den Schrank. «Sie finden sie im zweiten Schubfach von oben.»

«Kerstin!», jaulte Jobst. Er war fassungslos über das Verhalten seiner Gattin.

Ferats Miene erhellte sich wie ein Christbaum. Er trat, die Waffe im Anschlag, ein paar Schritte nach hinten, zog die Schublade auf und holte die zusammengerollte Lichterkette mitsamt Verlängerungskabeln heraus.

«So, das reicht!», Jobst erhob sich. «Schluss mit dem Spiel!»

Ferat richtete seine Waffe auf ihn. «Bleiben Sie, wo Sie sind! Ich meine es ernst!»

Jobst blickte in die schwarze Mündung der Pistole. Schweißperlen auf seiner Stirn. Er spürte, dass Max unruhig auf dem Sofa hin und her rutschte.

«Sitzen bleiben, Max, bitte!», bat Ferat eindringlich.

«Ich kann nicht auf dich schießen.» Dennoch richtete er die Waffe auf ihn.

«Max! Um Gottes willen! Tu, was er sagt!», schrie Jobst panisch.

Kerstin konnte nur noch ächzen. Halb ohnmächtig beobachtete sie, wie ihr Sohn mit beiden Händen beherzt in die Polster griff. Dann sah sie ihn eine Pistole herausziehen. Eine Pistole! Sie war der des Weihnachtsmanns zum Verwechseln ähnlich.

Max hob die Waffe langsam nach vorn, beide Arme ausgestreckt. Den Lauf richtete er auf den Räuber. Seine Bewegungen wirkten sicher und geübt. Kerstin hätte sich nicht träumen lassen, dass sie einmal den Tag loben würde, an dem ihr Vater Max eine Spielzeugpistole geschenkt hatte.

Max senkte die Stimme. Er klang, als sei er auf einen Schlag zehn Jahre älter geworden. «Keine Sorge!», sagte er zu seinem Vater. «Erstens würde doch kein Weihnachtsmann auf ein Kind schießen. Und zweitens hat dieser hier doch bloß eine Spielzeugwaffe.»

«Eine Spielzeugwaffe?», wiederholte Jobst ungläubig.

«Das wollte ich dir die ganze Zeit sagen», erklärte Max, ohne Ferat aus den Augen zu lassen.

«Der Junge redet gequirlte Scheiße! Ich habe die echte Pistole!», schrie Ferat. Die Waffe zitterte in seiner Hand.

«Glaubt ihm kein Wort!», schrie Max. «Die hier ist schwer und geladen …», er hob die Waffe noch etwas höher. «Und sie schießt. Denn ich habe sie entsichert.»

«Scheiße, Bruder», sagte Ferat. «Du würdest mich doch nicht abknallen wie einen Hund.»

«Glaubst du!», sagte Max.

«Das würdest du nicht übers Herz bringen», sagte Ferat. Es klang, als müsse er sich selbst erst noch davon überzeugen.

«Dann pass mal auf!»

«Tu's niiii...», weiter kam Ferat nicht, denn in dem Moment krachte der Schuss los. Die Kugel durchschlug einen der Spanngurte, die den Christbaum aufrecht hielten. Der wiederum peitschte wie ein Katapult nach unten. Die Christbaumkugeln sausten wie glitzernde Handgranaten durch den Raum und zerplatzten an Wänden und Möbelstücken. Der Schwung riss den Baum so stark zur Seite, dass der Keramikfuß kippte – genau dorthin, wo Ferat stand. Der warf schützend die Hände über den Kopf, doch das verhinderte nicht, dass er unter einem Gewirr von Lametta und Kerzen begraben wurde.

«Peng, du bist tot!», sagte Mäxchen, fassungslos, dass er es wirklich gewagt hatte.

Jobsts Mund stand offen. Kerstin fasste sich als Erste: «Guter Schuss, Mäxchen!»

Jobst klopfte seinem Sohn anerkennend auf die Schulter: «Schade nur um die Christbaumkugeln.» Damit warf er Kerstin, die immer noch wie gelähmt auf dem Sofa hockte, einen triumphierenden Blick zu. Er hatte die Kugeln nie gemocht. Plötzlich sprang Kerstin auf die Beine. «Meine Gans!»

«Und ich rufe die Polizei!», sagte Jobst und suchte schon das Telefon. «Zwar gönne ich diesen Idioten den Triumph nicht, aber –»

«Moment mal!», fiel ihm Max ins Wort.

«Was?»

«Ich habe mich anders entschieden.»

Entgeistert starrten Jobst und Kerstin ihren Sohn an. Der ließ die Pistole sinken. «Das ist das coolste Weihnachten, das ich je hatte! Und …», Max senkte die Augen, um dem Blick seines Vaters nicht zu begegnen, «der coolste Weihnachtsmann, den ich je hatte.»

«Mäxchen!»

«Doch, Paps, sorry.»

Jobst schüttelte den Kopf. «Das soll unser Sohn sein?», fragte er ungläubig. «Was haben wir bloß falsch gemacht?»

Max ließ sich nicht beirren. «Ich gebe Ferat jetzt die Waffe zurück», fuhr er in entschlossenem und sehr erwachsenem Tonfall fort, «und dann soll er mitsamt seiner Beute verschwinden!»

«Das wirst du nicht tun!»

Max trat einen Schritt auf Ferat zu. In dem Moment, als er ihm die Pistole aushändigen wollte, stürmte Jobst auf Ferat los und riss ihn zu Boden, Jobst ging in den Nahkampf über, und beide verschmolzen zu einem schier unentwirrbaren Knäuel aus Gliedmaßen und rotem Stoff. Auch Max wusste nicht mehr, was zu wem gehörte. Er spürte nur, dass mit einem Mal die Waffe weg war. Und das Nächste, was er sah, war, dass sie irgendwie in Ferats Hand gelandet und der Lauf nun auf seinen Vater gerichtet war.

«Maschallah!», sagte Ferat zufrieden und zupfte seine Weihnachtsmannkluft zurecht.

«Tu ihm nichts, Bruder!», schrie Max.

«Olsun!», antwortete Ferat. «Aber er soll mir auch nichts mehr tun!»

«Wirst du nicht, oder, Paps?», fragte Max verzweifelt. Er kannte die Sturheit seines Vaters nur zu gut.

Jobst sah Ferat mit blutunterlaufenen Augen an. «Sie haben mir mein Weihnachtsfest zerstört!»

Ferat zuckte mit den Schultern. «Tut mir leid, echt ey. Aber hier geht es um mehr.» Er sah sich um und entdeckte die Lichterkette auf dem Boden. «Los, aufs Sofa.»

Bernd brachte Romy und den Weihnachtsmann zum Ausgang. Die schwere Panzerglastür quietschte in den Angeln, und den Dreien schlug die eiskalte Winterluft entgegen. Es roch nach frischem Schnee, trotzdem zögerte Kurt. Sein Schritt verlangsamte sich, als falle es ihm schwer, sich zu verabschieden. Er schüttelte seinen großen Kopf mit dem weißen Bart, unter dem seine Haut rötlich hervorschimmerte. Seine Tränensäcke fühlten sich noch schwerer an als sonst, und Romy spürte seine Traurigkeit. Unvermittelt drückte sie ihm einen dicken Kuss auf die rosige Wange. «Nimm's nicht so schwer, alter Mann! Frohe Weihnachten!»

Dann zog sie ihren Schal enger um den Hals. «Bringt bestimmt Glück, an Heiligabend einen Weihnachtsmann zu küssen. Kann ich gebrauchen!» Mit diesen Worten stapfte sie in den Schnee hinaus. Sie zog den Kopf zwischen die Schultern, aber nach ein paar Schritten drehte sie sich noch einmal um und winkte Kurt zum Abschied.

Unentschlossen blieb der Weihnachtsmann in der Tür stehen. Mit dem Finger betastete er die Stelle, auf die sie ihn geküsst hatte. «Mir hat es schon Glück gebracht», murmelte er.

Bernd war sichtlich verlegen. «Wenn es nach mir ginge, hätten Sie gern noch ein Weilchen bleiben können ...»

Kurt legte ihm die Hand auf die Schulter. «Ist schon gut, mein Sohn, du kannst ja nichts dafür.»

«Mehr, als Sie denken», sagte Bernd seufzend.

«Ach, du musst kein schlechtes Gewissen haben.»

«Natürlich muss ich! Als guter Polizist hätte ich mich gegen meine Kollegen durchsetzen müssen. Schließlich sollen wir doch Freunde und Helfer sein. Deswegen bin ich dem Verein hier zumindest mal beigetreten.»

Der Weihnachtsmann nickte. «Immerhin hast du dir den Job selbst ausgesucht. Mich hat man gezwungen, den Santa zu spielen. Wobei, allmählich fühle ich mich ganz wohl in der Rolle.» Kurt räusperte sich, dann äußerte er sein eigentliches Anliegen: «Mein Sohn, hast du nicht ein Schnäpschen für mich? Die Feiglinge haben mir deine Kollegen weggenommen!»

«Meine Kollegen?»

«Ja! Dabei hatte ich die bezahlt. Von meinem Trinkgeld!»

«Was? Du hast meine Kollegen bezahlt?»

«Nein, die Feiglinge!»

Plötzlich fiel Bernd etwas ein. «Wir haben doch noch Punsch.»

Kurts Augen leuchteten auf. «Den würd' ich nehmen!»

«Und Christstollen! Schließlich ist Ihnen die Polizei für die fälschliche Verhaftung ja noch was schuldig.»

«Das ist Weihnachten!»

«Kommen Sie!» Bernd hakte sich bei ihm ein. «Wir Weihnachtsmänner müssen doch zusammenhalten!» Und damit führte er ihn wieder hinein.

Wenige Minuten später stellte Bernd einen dampfenden Becher Eierpunsch vor Kurt auf den Tisch im Aufenthaltsraum. Das Stück Marzipanstollen servierte er dem Weihnachtsmann auf einer Serviette.

«Danke, mein Sohn», sagte der. Beherzt biss er hinein und fragte mit vollem Mund: «Hier arbeitest du also?»

Bernd nickte.

«Selbst an Weihnachten.»

«Klar», bestätigte Bernd. «Sie doch auch.»

«Tjaha», lachte Kurt. «Das stimmt wohl. Dafür habe ich aber den Rest des Jahres frei. Genau genommen, ab jetzt!» Zufrieden gluckste er vor sich hin. Doch plötzlich verstummte er, und sein Gesichtsausdruck wurde ernst. Er fuhr sich mit der Zunge über die Lippen. «Au Backe!», sagte er. «Ich habe noch eine Familie vergessen!»

«Wirklich?» Bernd kicherte. Auch er hatte sich einen Becher Punsch genehmigt.

Der Weihnachtsmann zog ein zerknülltes Blatt Papier aus der Tasche und kniff die Augen zusammen.

Er ist kurzsichtig!, dachte Bernd, kicherte wieder und goss sich Punsch nach. Und nahm gleich noch einen ordentlichen Schluck. Einen Punsch in Ehren kann keiner verwehren. Nicht mal im Dienst. Was konnte er denn dafür, wenn der Punsch die Vorschriften ignorierte? Ein wohliges Gefühl breitete sich in seinem Bauch aus.

Der Weihnachtsmann tippte mit dem Zeigefinger auf einen abgegriffenen Zettel: «Da steht's: Familie Bethmann.»

Bernd kicherte. «Wusste gar nicht, dass Batman Familie hat!»

«Nicht Batman, Bethmann, wie beten, verstehst du? Nur mit ‹th›.»

Bernd versteinerte. «Bethmann?!» Er schnellte nach vorn, als wolle er den letzten Schluck Punsch vor sich auf den Boden spucken.

«Ja. So steht's hier! Der Sohn heißt Max. Genannt Mäxchen.»

Bernd starrte den Weihnachtsmann an. Dann pfiff er leise.

«Was ist los?», fragte Kurt. «Kennst du die etwa?»

«Allerdings!», Bernds Tonfall war schärfer geworden. Seine Stirn warf jetzt Falten wie der Vorhang des Stadttheaters vor dem letzten Akt. «Herr Bethmann war vor nicht allzu langer Zeit unser Gast.»

«Und, mein Sohn? Glaubst du, dass man mich dort noch erwartet?»

Bernd dachte nach. Irgendetwas in seinem Bauch sagte ihm, dass er auf einer sehr heißen Spur war. Auf der Spur des flüchtigen Weihnachtsräubers. Und plötzlich fiel es ihm wie Schuppen von den Augen: Die Bethmanns hatten ihnen nicht die Wahrheit gesagt! Jetzt galt es bloß noch, Steffen diese Tatsache irgendwie verständlich zu machen!

In der Tat verspürte Steffen Laurus wenig Lust, sich noch eines von Bernds Weihnachtsmärchen anzuhören. Am Telefon ließ er sich lange bitten, und als er dann endlich in den Aufenthaltsraum trat, blickte er ungnädig auf den punschtrinkenden Weihnachtsmann. «Was machen Sie denn noch hier? Ich hatte doch gesagt, Sie können gehen. Besteigen Sie Ihren Schlitten – und ab durch die Mitte!»

Der Weihnachtsmann deutete auf Bernd. «Ihr Kollege hier hat mich eingeladen. Wer hätte gedacht, dass Polizisten so nett sein können.»

«Schon klar! Die Polizei, dein Freund und Helfer!», höhnte Steffen. Und in Bernds Richtung zischte er: «Nur die Kollegen, die werden nach Strich und Faden verarscht!»

Aber Bernd ließ sich nicht beirren. Er kam direkt auf den Punkt: «Steffen, dieser Weihnachtsmann hier hat mir gerade erzählt, dass er heute eigentlich die Bethmanns besuchen sollte!»

«Okay, Bernd Schaaf. Das war das letzte Mal, dass du …»

«Aber Chef!», sagte Bernd beschwörend, «die Bethmanns!»

«Na und? Selbst wenn sie Gott-sei-bei-uns heißen würden, gäbe uns das immer noch nicht das Recht …» Steffen stutzte. «Moment mal! Sagtest du: ‹Bethmann›?»

Bernd wagte kaum zu atmen, aus Angst, den gerade in Gang kommenden Erkenntnisprozess seines Chefs zu gefährden.

«Das war doch der, den wir vorhin verhaftet hatten!»

Bernd nickte. «Genau der.» Ein Grinsen von Ohr zu Ohr.

«Und du schlägst allen Ernstes vor, dass wir ihm noch mal auf die Pelle rücken sollen?»

Bernd nickte noch heftiger – bis er von Steffens Gebrüll fast vom Stuhl gepustet wurde. «Bist du des Wahnsinns?», schnauzte ihn sein Chef an.

Bernd kämmte sich mit den Fingern durch die Haare und suchte die richtigen Worte. «Aber, Chef, erinnerst du dich nicht? Jobst Bethmann hatte behauptet, auf dem Klo säße der bestellte Weihnachtsmann! Wenn aber der echte bestellte Weihnachtsmann die Bethmanns noch gar nicht besucht hat ...» Bernd deutete mit dem Zeigefinger auf Kurt. «Wer saß dann wohl auf dem Klo? Im Weihnachtsmannkostüm?»

Steffen starrte zwischen den beiden hindurch ins Leere. Plötzlich verklärte sich sein Blick. In den hintersten Winkeln seines Bewusstseins hatte sich der Funke einer Erkenntnis entzündet. Von da an dauerte es zwar noch eine kleine Ewigkeit, aber dann riss Steffen die Augen weit auf: «Der Baumarkträuber!»

Ferat hatte es mit einiger Mühe geschafft, die Lichterkette fest um Jobsts Körper zu wickeln. Der hatte die ganze Prozedur stoisch über sich ergehen lassen. Was blieb ihm auch anderes übrig. Schließlich wusste er nur zu gut, dass die Pistole vor seiner Nase echt war. In regelmäßigen Abständen murmelte er nur: «Sie haben mir mein Weihnachten zerstört!»

Als Max seinem Vater nahe kam, zischte der ihm zu: «Wie kannst du mir das antun, Max?»

Mäxchen vermied es, seinem Vater in die Augen zu sehen. «Manchmal bist du einfach so stur, Paps. Ich will doch nur, dass Ferat nicht verhaftet wird.» Und fügte dann rasch hinzu: «Sobald er weg ist, werde ich dich befreien.»

Jobst schwieg wütend.

«Hey, ist das nicht ein voll krasses Weihnachten?»

«Das ist kein Weihnachten», beharrte Jobst.

«Stimmt, der Baum fehlt», sagte Max. Um seinen Vater aufzumuntern, nahm er den Stecker der Lichterkette, suchte die nächste Steckdose und schob ihn hinein. Vierhundert Lämpchen glühten gleichzeitig auf.

«Wow!», sagte Mäxchen. «Du müsstest dich sehen, Paps!»

Doch Jobst ignorierte das Spektakel, dessen unfreiwilliger Mittelpunkt er war. Geduldig schlug er die Beine übereinander – die einzigen Körperteile, die er bewegen konnte.

Kerstin hatte die Gans versorgt und betrat den Raum. «Mach das sofort wieder aus, Max! Bevor dein Vater noch einen Stromschlag kriegt!»

Betreten zog Max den Stecker.

«Zu spät», sagte Jobst lakonisch. «Mich hat schon der Schlag getroffen.»

«Ich brauche ein Telefon, schnell», brachte sich Ferat in Erinnerung.

Kerstin zog das Schnurlose aus ihrer Gesäßtasche und reichte es ihm. Ferat tippte eine Nummer und hielt sich das Telefon ans Ohr.

Ferat riss die Augen auf, als sich am anderen Ende eine Stimme meldete – gut hörbar für alle: «Bongartz?»

«Soso, das ist also Ihre Frau ...», sagte Kerstin süffisant.

Sie hatte die Taste ‹Freisprechen› gedrückt.

«Wie macht man das aus?», fragte Ferat und schaute entsetzt auf das Tastenfeld. Doch Kerstin zuckte nur mit den Schultern.

«Ferat, bist du das?»

«Bea?» Ferat seufzte.

«Bea Bongartz», wiederholte Kerstin langsam und zufrieden. «Beate, vermutlich.»

«Wer ist da? Eine Frau?», fragte Bea durch den Lautsprecher.

«Das hätten wir also: Namen kennen wir, und die Telefonnummer ist ja nun gespeichert ... Sie sind in unserer Hand, Ferat! Wehe, Sie tun meinem Mann etwas zuleide!»

«Allerdings», rief Jobst vom Sofa herüber, um auch etwas zur Unterhaltung beizutragen.

Mit dem Hörer am Ohr kniete Ferat sich neben Kerstin auf den Teppich. «Bitte!», flehte er sie an. «Wenn Sie echte Christen sind, haben Sie bitte Mitleid. Wir brauchen das Geld! Meine Freundin ist hochschwanger. Meine Familie will nicht, dass wir heiraten, weil sie eine Deutsche ist. Und mich haben sie nur deshalb gefeuert, weil mir dieses Scheißwort von feuerverzinkter Christbaumständer nicht einfiel und ich stattdessen ‹Scheißständer› gesagt habe.»

«Wie bitte?», fragte Kerstin.

«Na, Scheißständer halt! Leider war der Kunde ein Testeinkäufer.»

«Wo?», fragte Kerstin.

«Im Baumarkt!»

«Sie arbeiten in dem gleichen Baumarkt, den Sie ausgeraubt haben?»

«Eben nicht mehr! Die haben mich rausgeschmissen, wegen dem Scheiß...»

«Schon gut», unterbrach ihn Kerstin, «wir haben verstanden. Würden Sie bitte, mit Rücksicht auf unser Kind, nicht so oft dieses Wort ...?»

«Scheiße?»

«Genau das!», seufzte Kerstin. «Bitte.»

«Was ist schlecht an ‹Scheiße›? Wenn ich ein deutsches Wort liebe, dann ...»

«Das ist Ihre Angelegenheit», unterbrach ihn Kerstin ruhig. «Aber die Erziehung unseres Kindes», sie nickte in Richtung Max, «ist unsere.»

Ferat grinste breit. «Kapiert. Das Kind soll keine Scheiße reden.»

Kerstin war noch mit etwas anderem beschäftigt. «Dann war dieser Überfall also eine Racheaktion?», fragte sie nachdenklich.

«Und wenn schon? Das Geld brauchen wir trotzdem.» Ferat senkte den Kopf. «Sie wollen doch keine Spielverderber sein und mich verpfeifen?»

Da mischte sich Max ein: «Ich finde, er sollte die Beute behalten dürfen. Er will das Geld ja für seine Familie.»

Jobst und Kerstin sahen sich an und überlegten kurz. Beiden war klar, dass sie Max an dieser Stelle grundlegende Werte von Moral und Gerechtigkeit mit auf den Lebensweg geben konnten. Ja, mussten sie das nicht sogar? Und so verkündeten sie unisono und kopfschüttelnd: «Kommt nicht in Frage.»

«Bitte», ächzte Ferat. «Verraten Sie mich nicht! Für

meinen ungeborenen Sohn! Damit er so ein Supertyp wird wie Max!»

Jobst warf ihm einen langen Blick zu. «Mein Sohn wird kein Supertyp, dass das klar ist! Zumindest nicht das, was Sie darunter verstehen.»

«Bitte, Mami!», flehte Max. «Lass Ferat laufen.»

«Das darf doch wohl nicht wahr sein!», brüllte Jobst. Dann wandte er sich an Ferat: «Eines», er artikulierte jetzt Wort für Wort, «werde ich Ihnen nie verzeihen: Sie haben eine Waffe auf den Jungen gerichtet!»

Schuldbewusst senkte Ferat den Kopf. «Aber ich wusste doch, dass es die Spielzeugpistole war!»

War es blanke Berechnung oder pure Verzweiflung? Jobst hätte es nicht sagen können. Jedenfalls begann Ferat jetzt selbst zu schluchzen wie ein kleines Kind.

«Ferat? Was ist da los?», klang es nun aus dem Telefon.

Kerstin nahm ihm den Hörer aus der Hand. Ferat ließ es widerstandslos geschehen. «Wir beraten noch!», wisperte sie in das Handy, bevor sie es wieder mit der Hand zuhielt. Dann streifte sie Max mit einem kurzen, liebevollen Blick und sah Jobst fest an. Der presste die Lippen zusammen und schloss die Augen. Was so viel heißen sollte wie: Es ist deine Entscheidung, Schatz.

Kerstin atmete tief durch, hob den Hörer und sprach klar und deutlich in die Muschel: «Hören Sie, Beate Bongartz: Parken Sie im ‹Hans-im-Glück-Weg›, das ist drei Querstraßen von uns entfernt. Sicher ist sicher, vielleicht observiert die Polizei das Haus. Ferat verlässt uns durch den Garten und kommt zu Fuß zu Ihnen. Achten Sie auf den König-Drosselbart-Weg, von dort müsste er kommen.

Sobald Sie Ihren Mann aufgegabelt haben, fahren Sie zum Baumarkt und bringen das Geld zurück.»

Bis zum letzten Halbsatz hatte Ferat dankbar gelächelt und genickt. Doch dann erstarrte er. «Is' nicht Ihr Ernst? Alles umsonst? Der Scheiß…»

«Ferat!»

«… der verdammte Baumarkt ist versichert. Das tut denen doch gar nicht weh! Nicht die Bohne! Scheiße, verdammte!»

«… und wenn du noch einmal Scheiße sagst, dann überlegen wir uns das noch mal mit der Fluchthilfe!», drohte Jobst.

«Jetzt hast du auch ‹Scheiße› gesagt, Papa!», mischte sich Max ein.

«Ist doch wahr», schimpfte Ferat kleinlaut, «typisch Frauen, immer alles umtauschen!»

«Schluss jetzt!», entschied Kerstin. «Wenn du tust, was wir sagen, Ferat, dann werden wir der Polizei nichts verraten! Andernfalls lässt du uns keine Wahl …»

Widerwillig lenkte Ferat ein. «Na gut, dann gebe ich die schöne Kohle eben zurück.»

«Besser so!», lächelte Jobst. «Na ja, diese Zirkustruppe in Grün würde unsere Hilfe wahrscheinlich eh nicht zu schätzen wissen.»

«Weißt du, Ferat, wir haben uns immer für die Benachteiligten eingesetzt», sagte Kerstin stolz. «Ich finde, du verdienst eine Chance.»

Ferat trat einen Schritt vor und fiel nach kurzem Zögern Kerstin um den Hals.

«Ist ja schon gut, Junge!», rief Jobst, und Kerstin genoss seine Eifersucht mit leisem Lächeln. Dann nahm sie das Telefon, deaktivierte die Freisprechfunktion und nahm den Hörer ans Ohr. «Beate? Hören Sie gut zu ...» Mit klaren Worten erklärte Kerstin Bea ihren Plan. Dann schwieg sie und lauschte, während die drei Männer mit angehaltenem Atem an ihren Lippen hingen.

«Feucht? Zwischen den Beinen? Schmierig und farblos?»

Ferat verzog angewidert den Mund. Kerstin konzentrierte sich weiter auf das Telefonat. «Tatsächlich?», sagte sie mit gerunzelter Stirn in den Hörer. «Dann ist Tempo angesagt.»

«Was ist mit ihr? Was ist los?», fragte Ferat aufgeregt.

Kerstin ließ den Hörer sinken: «Es *ist* nichts los. Es *geht* los! Die Fruchtblase ist geplatzt.»

Die Schneekristalle glitzerten unter dem Laternenlicht. Fingerdick lag der Schnee, und noch hatte niemand seine Fußstapfen hineingesetzt. Romy war die Erste, die Spuren hinterließ, als sie um die Ecke bog. Um diese Zeit waren in ihrem Viertel nicht mehr viele Menschen unterwegs – erst recht nicht an Heiligabend. Höchstens noch der eine oder andere Weihnachtsmann. Aber von denen hatte sie für dieses Jahr mehr als genug.

Und trotzdem, wenn sie an die Leere ihrer Wohnung dachte, die Dunkelheit, die sie empfangen würde, wurde sie traurig. Sicher, sie hatte sich vorsichtshalber eines von diesen Kunststoffbäumchen zugelegt. Saisonware (links vor der Kleinelektrik) – 13,95 Euro mit 20 % Personalrabatt. Aber das musste sie erst noch einstöpseln, bevor es weihnachtliche Stimmung verbreiten konnte. Und die vielen Schritte, allein durch die düstere Bude, die würden das Schlimmste sein. Dann bunte Birnchen, Tannenduft aus dem Spender, eine festliche CD – weihnachtlicher würde es bei ihr nicht mehr werden. Später noch ein paar SMS an die Freundinnen. Wenn sie Glück hatte, würde sie noch am selben Abend Antwort bekommen. Aber die meisten waren mit ihren Familien beschäftigt, ein paar hatten schon eigene Kinder. Ach was!, dachte Romy. Sie atmete die Traurigkeit aus und die kalte Winterluft ein. Würde sie sich halt allein einen hübschen Abend machen!

Sie näherte sich bereits der Haustür, als sie den Kopf hob und einen Mann mit Kapuze sah, der vor ihr auf dem Gehweg stand. Keine rote Kapuze diesmal, auch kein Pelzbesatz daran. Ein verwaschener Kapuzensweater, an den Schultern schon dunkel von geschmolzenem Schnee. Der Typ lungerte vor ihrem Haus herum, zitternd und in gekrümmter Haltung. Unruhe befiel sie. Ein weiterer Überfall am Heiligen Abend? Das wäre selbst bei ihrem Pech ein bisschen viel des Guten. Romy schluckte das mulmige Gefühl hinunter. Die Sohlen ihrer Turnschuhe zerdrückten knirschend den Schnee. Der Typ drehte sich um.

Romy versteinerte vor Schreck. «Mike?»

Vorsichtig trat sie näher. Jetzt fiel es ihr auf. An seiner Haltung hätte sie ihn schon vorher erkennen müssen: leicht vorgebeugt, die Hände in den Hosentaschen der verwaschenen Jeans. Seine Klamotten waren durchnässt. Er musste schon eine ganze Weile hier auf sie gewartet haben.

Bei dem Gedanken wurde ihr ganz warm ums Herz:

Jemand hat auf mich gewartet! Und im gleichen Moment der Zweifel: Das kann doch gar nicht sein!

«Hi, Romy.»

Ein süßer Schmerz der Erinnerung stieg in ihr hoch. Mike. Auf den ersten Blick hatte er sich nicht großartig verändert. Sein Nasenpiercing, die dunklen Augenbrauen über noch dunkleren Augen. Aber er war unrasiert, das nahm seinem Gesicht das Kindliche, machte ihn auf völlig neue Weise zu einem Kerl. So hatte sie ihn noch nicht gesehen. Romys Herz schlug schneller. «Was machst du denn hier?»

Mike zuckte mit den Schultern. «Ich warte auf dich.»

Romy spürte wieder die Wärme in ihrem Inneren. «Auf mich?»

Mike sah verlegen auf die Spitzen seiner Schuhe. Dann hob er wieder den Kopf. «Ich dachte, vielleicht wäre es eine gute Idee, Weihnachten gemeinsam zu verbringen.»

Romy wusste vor Schreck nicht, was sie antworten sollte. «Nach all den Jahren? Warum hast du dich nicht gemeldet? Was hast du bloß getrieben in der Zeit?» Ihre Stimme zitterte, und sie ärgerte sich, dass sie ihre Gefühle nicht besser im Griff hatte. Aber es war nicht zu leugnen, sie freute sich wahnsinnig, ihren Exfreund wiederzusehen.

Endlich nahm Mike die Hände aus den Hosentaschen. «Können wir nicht reingehen?», fragte er mit bibbernden Lippen.

Romy nickte schuldbewusst. «Natürlich. Tut mir leid», sagte sie mit einem Blick auf den durchnässten Sweater. Jetzt erst fiel ihr auf, dass er keinen Mantel trug, nicht mal eine Jacke. Und seine Jeans war zerschlissen. Mike quittierte ihre schweigende Musterung mit Verlegenheit. «Scheißkalt hier draußen», erläuterte er überflüssigerweise.

Mit leisem Klimpern zog Romy das Schlüsselband aus ihrer Hosentasche. «Ich», erklärte sie mit hochrotem Kopf, «bin aufgehalten worden. Von ... vom Weihnachtsmann.» Sie steckte den Schlüssel ins Schloss und drehte ihn herum. Plötzlich musste sie lachen.

Auch Mike grinste. «Vom Weihnachtsmann? Dem echten?»

Romy lachte ihn an. «Ich glaube schon.»

«Krass», sagte Mike. «Wusste gar nicht, dass du noch daran glaubst.»

«Nicht noch», berichtigte Romy. «Wieder!»

Gemeinsam betraten sie den Hausflur. Das Aroma eines halben Dutzends Knuspergänse und ebenso vielen Rotkohltöpfen war im Laufe des Abends aus den Türritzen der Nachbarwohnungen geströmt und stand noch im Treppenhaus.

«Gerade hat er mir einen großen Wunsch erfüllt», erklärte Romy, während sie die Treppe hinaufstiegen.

«Der Weihnachtsmann? Wirklich?», fragte Mike ungläubig.

«Schnell, hoch jetzt», lenkte sie ab. «Ich mach dir einen Tee, sonst erkältest du dich noch.»

«Romy», begann Mike unsicher, doch in feierlichem Ton. Sie hielt auf dem Absatz inne und legte ihm sanft die Hand auf den Mund. «Später», sagte sie. Und dachte: *Knabenbringende Weihnachtszeit*.

«Das können wir doch nicht machen», sagte Bernd leicht panisch. «Wir müssen den Dienstweg einhalten.»

«Halt's Maul», zischte Steffen und stapfte entschlossen durch den Schnee auf dem Präsidiumsparkplatz. «Ich pfeife auf den Dienstweg. Wir holen den Typen da raus! Wir schnappen den Räuber und befreien die Familie Bethmann. Auch wenn sie es nicht verdient haben. Du willst doch zum Betrugsdezernat, oder?»

Bernd schüttelte den Kopf. «Sie werden uns nicht befördern, sondern vom Dienst suspendieren. Die mobile Einsatzzentrale ist dem SEK unterstellt. Die dürfen wir nicht so einfach ...»

«John Wayne hat auch niemanden gefragt, wenn er einen Bösewicht schnappen wollte. Der hat keine Anträge ausgefüllt oder seinen Vorgesetzten gefragt. *Entschuldigen Sie, Herr Bürgermeister, ich würde gern Jesse James erledigen, auf der Mainstreet, so gegen Mittag. Haben Sie etwas dagegen?» – «Lieber Mr. Wayne, tut mir leid. Erledigen, gern, aber Sie müssen die Mittagsruhe einhalten!* ... – Nein, der hat einfach seine Knarre gezogen und den Mistkerl abgeknallt. Wenn du das Böse besiegen willst, musst du manchmal auf den Dienstweg scheißen!»

Bernd war sich sicher, dass der Vergleich hinkte. Doch er behielt seine Zweifel für sich. Denn im Grunde wollte ja auch er an diesem Abend noch einen Räuber zur Strecke bringen. Nichts sehnlicher als das. Es wäre die Krönung seines Weihnachtsabends: *Drei Nüsse für Aschenbrödel* – und der Weihnachtsmannräuber für ihn.

Seite an Seite ging er mit Steffen über den Parkplatz. Wie ein Weihnachtsglöckchen ließ der die Schlüssel klimpern, die er dem Pförtner abgeschwatzt hatte. Die Schlüssel zur mobilen Einsatzzentrale des SEK. Eigentlich durfte er nur befugten Personen ausgehändigt werden, aber ein paar warme Worte und ein Becher Eierpunsch hatten Wunder gewirkt.

«Hast du überhaupt einen Führerschein für den Truck?», fragte Bernd.

«Das lass mal meine Sorge sein», grunzte Steffen.

Ein tarnkappengrüner Koloss mit Puderschneeschicht auf dem Dach ragte vor ihnen in den Nachthimmel. Die Satellitenschüssel war von einer weißen Mütze bedeckt. Nur die Peilantenne stach spitz daraus hervor.

Beeindruckt blieb Bernd stehen. Natürlich hatte er dieses technische Wunderwerk schon öfter im Vorbeigehen bestaunt. Aber aus nächster Nähe waren die Dimensionen atemberaubend. Kein schlechter Gedanke, im Führerhaus so einer fahrenden Festung zu sitzen. Selbst bei der Kripo bekam man diese Möglichkeit vermutlich eher selten ...

«Mist, verdammter», hörte er Steffen schimpfen, der schon dicht am Fahrzeug stand und sich an der Tür zu schaffen machte. «Das muss doch der richtige Schlüssel sein.»

Bernd lugte seinem Chef neugierig über die Schulter.

«Das Mistding will nicht aufgehen», fluchte der und drehte den Schlüssel immer wieder bis zum Anschlag. Eine Vierteldrehung, mehr ließ das Schloss nicht zu.

Bernd überlegte. Vielleicht nicht der schlechteste Weg, dieser Sache ein Ende zu machen, bevor sie richtig begonnen hatte. Sosehr er sich wünschte, den Weihnachtsräuber zu schnappen – je ernster es wurde, desto mehr Angst bekam er vor der eigenen Courage.

Steffen rammte unterdessen den Schlüssel immer wieder bis zum Anschlag ins Schloss, als wolle er das ganze Ding mitsamt der halben Panzertür herausreißen. «Das Mistding, das kann doch wohl nicht wahr sein ...», brüllte er.

«Vermutlich gibt es eine Sicherheitssperre», wagte Bernd zu bemerken. «Oder das Schloss ist vereist.»

Steffen wirbelte zu ihm herum und brüllte ihn an: «Dann versuch es doch selbst, du Schlaumeier!»

Unter weiteren Flüchen machte er Bernd den Weg zur Tür frei. Der trat einen Schritt vor und legte die Hand auf die Klinke. Er drückte und zog an. Widerstandslos schwenkte die Tür auf. Steffen stierte perplex in die dunkle Öffnung und ließ die Kinnlade fallen. Bernd starrte ebenso verwundert auf die Eingangstreppe, die steil wie eine Kirchturmstiege ins Innere des Kolosses führte. «Es war offen», konstatierte er, vom eigenen Erfolg überrascht.

«Schlamperei, wohin man schaut», meckerte Steffen und stieg die Stufen hinauf. Bernd setzte sich auf das unterste Trittbrett, klopfte sich erst sorgfältig den Schnee von den Schuhen und folgte ihm dann.

Der mobile Kommandostand war bis obenhin vollgestopft mit kompliziertester Technik. Überwachungsbildschirme, ferngesteuerte Kameras, Radar, Abhöranlagen und ein Haufen Zeugs, von dem sich weder Bernd noch Steffen vorstellen konnte, wozu es gut sein sollte. Ehrfürchtig ging Bernd durch den schmalen, dunklen Mittelgang, den die technischen Gerätschaften frei ließen. Steffen wollte sich schon ohne Umschweife vorn zum Führerstand begeben, da hörte Bernd verdächtige Geräusche vom hinteren Ende des Trucks. Er zupfte Steffen am Ärmel. Der war nur schwer zu bewegen, umzudrehen, um Bernd zu folgen, doch schließlich tat er es.

Schritt für Schritt tasteten sich die beiden durch den dunklen Gang. Als sie das Ende des mobilen Einsatzschlauches beinahe erreicht hatten, wurden die Worte plötzlich deutlicher. Eine weibliche Stimme stöhnte außer sich: «Jaaa! Feste, gib's mir!» Erschrocken blieb Bernd stehen. «Ich glaube, da ist jemand.»

«Das hör ich auch», sagte Steffen und wollte sich an Bernd vorbeidrängeln. Doch dafür war der Gang deutlich zu eng. «Geh schon», schubste Steffen Bernd nach vorn. Doch der sperrte sich hartnäckig. «Da ist eine Frau!»

«Ach ne! Das höre ich verdammt nochmal! Ich will es aber auch sehen.» Den letzten Satz hatte Steffen im Überschwang der Gefühle etwas zu laut geäußert. Folgerichtig verstummte das verdächtige Geräusch. Steffen zog seine Dienstwaffe. Bernd ahnte Schlimmes.

«Geh jetzt endlich weiter! Das ist ein Befehl!»

Schwitzend quetschte sich Bernd die letzten Meter durch den Gang, Steffen dicht in seinem Nacken. Am hinteren Ende sprang ein junger Mann mit Baseballkäppi hastig auf und zog den Reißverschluss seiner Hose zu. Bernd kannte den Typen aus der Kantine, es war kein Uniformierter, sondern einer von der technischen Besatzung. Eines dieser arroganten Möchtegern-Genies, die behaupteten, ohne sie bliebe die modernste Technik nur ein Haufen Draht mit Plastik drum herum, der surrende Geräusche machte und elektromagnetische Wellen schlug. Sie hielten sich für die einzige Verbindung zwischen Technologie und Polizeibeamten.

Hinter dem Kerl flimmerte ein Bildschirm und tauchte den Raum in gespenstisch blaues Licht.

«Was machen Sie hier?», fragte Steffen überflüssigerweise, denn das Standbild auf dem Monitor ließ keine Zweifel aufkommen. Es zeigte eine löwenmähnige Frau mit zurückgeworfenem Kopf in eindeutiger Pose, ein nackter Mann hatte dem Zuschauer den Rücken zugewandt – mit allem, was dazugehörte.

«Das ist aber nicht *Drei Nüsse für Aschenbrödel*, stellte Bernd enttäuscht fest.

Der picklige Jüngling schüttelte den Kopf. «Nein, nur zwei», stellte er mit einem schiefen Grinsen klar. Außen ein Kindskopf, aber technisch ein Crack, vermutete Bernd mit der instinktsicheren Menschenkenntnis des ewigen Verlierers.

«Aha», sagte Steffen ungewöhnlich ruhig. «Der ideale Ort für solche Filmchen, was?»

Bernd sah seinen Chef erstaunt an. Diese rasche Kombinationsgabe war ungewöhnlich für seinen Vorgesetzten. Es sei denn – ging es Bernd durch den Kopf –, es sei denn, er hat hier selbst schon einmal …

Aber Steffen war jetzt tatsächlich einmal auf Zack: «Entweder, du begleitest uns bei unserem Einsatz, oder …»

«… oder das war der letzte Film, den du hier geschaut hast!», ergänzte Bernd eifrig.

Nach kurzem Zögern willigte der Techniker in den Deal ein. Bernd spürte das Gefühl sicheren Triumphs in sich aufsteigen. Die Chancen auf den ganz großen Weihnachts-Coup – die sichere Festnahme des berüchtigten Baumarktheiligabendweihnachtsmannräubers – waren gerade exponentiell gewachsen. Sie hatten die mobile Kommandozentrale in ihrer Gewalt, dazu einen Techniker, der sie zu bedienen wusste, und sie kannten den Aufenthaltsort des Räubers. Steffen besaß vielleicht keinen Lkw-Führerschein für den Kommandotruck, aber an diesem Abend ließen sie sich durch eine solche Kleinigkeit nicht aufhalten. Weihnachtsmannräuber, zieh dich warm an!, dachte Bernd. Und: Betrugsdezernat, ich komme!

Wenige Minuten später hatte Steffen die mobile Kommandozentrale gut fünfzig Meter vom Haus der Bethmanns entfernt auf der gegenüberliegenden Straßenseite geparkt.

«Jetzt werde ich euch mal demonstrieren, was ein vorbildlicher Zugriff ist», knurrte er. Inzwischen hatte er Ulf und Ingo per Funk dazu abkommandiert, das Gelände auf der Rückseite des Gebäudes zu checken. Dann hatte er sich, nachdem er den Truck erstaunlich sicher am Straßenrand zum Stillstand gebracht hatte, in das knallrote Kostüm für die Betriebsweihnachtsfeier gezwängt. Offenbar war er wild entschlossen, die Sache selbst zum Abschluss zu bringen.

Zerknirscht reichte Bernd ihm den künstlichen Bart. Erneut hinderte man ihn daran, seine verborgenen Heldenqualitäten unter Beweis zu stellen. Unwirsch riss Steffen ihm das weiße Gewöll aus der Hand, während er noch einmal seine geplante Vorgehensweise Schritt für Schritt rekapitulierte. «Also, ich dringe in das Objekt ein, prüfe, ob die Zielperson vor Ort ist, und wenn es wirklich der Weihnachtsmann mit den dunklen Augen ist, dann ziehe ich meine Waffe und verhafte ihn auf der Stelle.» Steffen betastete die Taschen des Weihnachtsmannkostüms. «Wo ist meine Waffe?»

Bernd hob mit unschuldiger Miene beide Hände.

«Ich habe sie dir doch gegeben, als ich mich umgezogen habe!»

Bernd schüttelte den Kopf. Beiläufig löste er den Druckknopf seines Holsters und drückte Steffen die eigene Dienstwaffe in die Hand. Ohne Bernd zu danken, ließ Steffen sie in der Tasche seines Weihnachtsmannmantels verschwinden. «So», sagte Steffen. «Und jetzt: Auf zur Räuberjagd!»

Neid und Enttäuschung wallten in Bernd auf, doch Bernd verkniff sich jede Bemerkung.

Er öffnete die Tür. Wind trieb wirbelnde Flocken ins Wageninnere. Steffen zog sich die Kapuze über den Kopf, trat mit quietschenden Stiefeln die Stufen hinunter und sprang vom letzten Absatz hinaus auf die schneebedeckte Straße.

Bernd beeilte sich, nach vorn in den Führerstand der mobilen Einsatzzentrale zu gelangen. Von hier aus hatte er beste Sicht und konnte Steffens Einsatz zumindest bis zur Haustür der Bethmanns optimal verfolgen. Breitbeinig stiefelte der Vorgesetzte die Straße hinab. Die Hände in den Taschen, bereit, im Bruchteil einer Sekunde den Colt zu ziehen. Sein rotes Kostüm hob sich farbenfroh von dem vielen Schnee ab. Bernd blickte auf die Häuserzeilen rechts, dann auf die Häuserzeilen links. Hier sah wirklich alles gleich aus. Das Haus der Bethmanns unterschied sich durch nichts von denen auf der anderen Straßenseite. Hoffentlich denkt er daran, dachte Bernd im Führerstand, die

Seite zu wechseln. Dann fragte er über die Gegensprechanlage: «Steht die Funkverbindung?»

«Bis vor einer Sekunde war alles in bester Ordnung», vermeldete der picklige Jungtechniker aus dem hinteren Teil des Einsatzwagens. «Aber dein Chef muss irgendwie die Frequenz verstellt haben.»

«Dann sieh zu, dass du den neuen Sender findest!», zischte Bernd. «Ich muss ihm dringend etwas durchgeben.»

Bernd verspürte den Impuls, aus dem Wagen zu springen, um Steffen hinterherzulaufen und ihn über seinen Irrtum aufzuklären. Da tippte ihm von der Seite Ulf auf die Schulter.

«Wieso hast du deinen Posten verlassen?», knurrte Bernd missmutig. Aber Ulf deutete bloß stumm durch die Scheibe. «Schau mal!»

Bernd blickte auf – und erstarrte. Aus der entgegengesetzten Richtung, nur fünfzig Meter von Steffen entfernt, wankte ein weiterer Weihnachtsmann durch das Schneegestöber heran. «Wer ist das nun wieder?», fragte Bernd entnervt. Ulf zuckte mit den Schultern. Bernd dachte nach. «Steht die Verbindung endlich wieder?», rief er nervös in den dunklen Schlauch des Wageninneren hinein.

«Gleich», antwortete der Techniker.

Bernd überlegte noch einmal, ob er hinausspringen und die Aktion abbrechen sollte. Doch er zögerte einen Moment zu lange. Denn Steffen stand bereits vor der Haustür und klingelte.

Das ‹Ding-Dong› aus dem Flur ließ Jobst, Kerstin und Ferat zusammenzucken wie ein Schlag aus der Steckdose. Nur Max reagierte cool. «Noch mehr Besuch?»

«Von wegen, das sind die Bullen!», schrie Ferat mit Panik in der Stimme, wirbelte herum und eilte in die Küche, von wo aus man den besten Blick auf die Straße hatte. Schon im Flur erblickte er durch die Milchglasscheibe das rote Kostüm. Kerstin folgte ihm. «Das wird Jobsts Weihnachtsmann sein – was für ein Timing!» Sie trat auf die Tür zu. «Ich mach ihm auf.»

«Nein!», rief Ferat aus der Küche. «Das sind die Bullen!»

Kerstin kniff die Augenlider zusammen und ließ sich von Ferat in die Küche winken. Behutsam schob sie den Vorhang beiseite, und sie sahen nach draußen.

«Da!» Kerstin folgte Ferats Zeigefinger. Sie erblickte einen Transporter, militärgrün und groß wie ein Möbelwagen, aber mit einer Satellitenschüssel und Antennen auf dem Dach. Der Führerstand war erleuchtet. Durch die Scheibe konnte sie einen Mann mittleren Alters erkennen, der ihr bekannt vorkam: Hauptwachtmeister Bernd Schaaf.

«Tatsache, die Polizei», bestätigte Kerstin. Sie schüttelte den Kopf. «Dass die sich noch mal hertrauen ...»

Wieder klingelte es an der Tür. Kerstin und Ferat sahen sich an. Beiden stand die Angst ins Gesicht geschrieben. Ferat fragte Kerstin mit schwacher Stimme: «Ihr lasst mich doch jetzt nicht im Stich, oder?»

«Nein, aber öffnen müssen wir schon», antwortete Kerstin seufzend. «Sonst riechen die den Braten.»

Kerstin wartete ab, bis Ferat sich wieder in der Türöffnung zum Gästeklo versteckt hatte. Dann drückte sie beherzt die Klinke und öffnete die Haustür.

«Guten Abend!», wünschte der Weihnachtsmann und sah Kerstin aus trüben Augen an.

«Da sind Sie ja endlich», stammelte Kerstin, «frohe Weihnachten.»

Ein Weihnachtsmannexemplar mit sehr roter Nase torkelte ihr entgegen. Kerstin trat einen Schritt zurück. Sie roch seine Fahne und begriff, dass dieser nach Alkohol riechende Alte niemals ein Polizist sein konnte. Aus den Augenwinkeln sah sie Ferat ausholen. Sie wollte «Nicht!» rufen, doch da hatte seine Faust den Weihnachtsmann schon voll erwischt. Der Getroffene verdrehte die Augen und sank wie ein nasser Sack in sich zusammen.

«Sind Sie wahnsinnig geworden! Keine Gewalt gegen Weihnachtsmänner, wie oft soll ich das noch sagen!», schrie Kerstin Ferat über den reglosen Körper hinweg an. Doch Ferat war schon zur Tür gehuscht, um einen Blick hinauszuwerfen.

«Scheiße, da kommt die Verstärkung!», rief er panisch.

Draußen rannte ein Mann im Laufschritt die Straße hinunter. Kerstin schaltete blitzschnell. Während Ferat den bewusstlosen Körper aus dem Weg und in den Flur zog, schob sie die Tür ins Schloss.

In den Kniekehlen federnd – wie er es in der Ausbildung gelernt hatte –, stand Steffen im Hausflur. Die Tür hatte er eingetreten, um den Überraschungseffekt auf seiner Seite zu haben. Die Mündung der Waffe war das Erste, was er in das unbekannte Terrain vorschob – streng nach Lehrbuch. Unter seinen Stiefeln knirschten die Scherben der Glastür. Vor ihm stand ein dürres Männlein mit Spitzbart und Kippa auf dem Kopf. Der Bart zitterte ein wenig, doch ansonsten ließ sich der Typ keine Angst anmerken.

«Schalom und ein frohes Chanukka!», wünschte er fröhlich und streckte Steffen die Hand entgegen, während im Hintergrund eine Großfamilie zu Klezmermusik um den Chanukka-Leuchter tanzte.

Steffen steckte die Waffe hinten in den Weihnachtsmanngürtel, drehte sich quietschend auf dem Gummiabsatz um und schaute hinüber auf die andere Straßenseite. Dort schloss sich eben die Haustür, und er begann, die Tragweite seines Irrtums zu erahnen. Noch bevor er ganz zur Besinnung gekommen war, stand Bernd vor ihm. «Chef! Du bist auf der falschen Straßenseite gelandet!»

Steffen verpasste ihm den obligatorischen Klaps auf den Hinterkopf. «Das weiß ich jetzt auch.» Dann stapfte er mit großen Schritten hinüber auf die andere Seite. «Hohoho», rief er dabei laut vor sich hin. «Hohoho!»

Bernd sah ihm hinterher und dachte: Jetzt ist er vollends durchgedreht.

Erst die Stimme des spitzbärtigen Männleins riss ihn aus seinem Entsetzen. «Und wer bezahlt mir die Scheibe?»

Beschwichtigend klopfte Bernd ihm auf die schmächtige Schulter: «Ich kümmere mich darum. Aber zuerst muss ich … die Kollegen vom SEK benachrichtigen. Bevor noch etwas Schlimmeres passiert …»

Zu zweit hatten sie den bewusstlosen Mann neben Jobst aufs Sofa gehievt. Immer wieder kippte der Weihnachtsmann stöhnend zur Seite, genau auf den Gefesselten. Jobst verdrehte die Augen. «Würdet ihr mich bitte endlich befreien? Dann kann er sich ausstrecken. Obwohl er es nicht verdient hat.»

«Alter, für wie doof hältst du mich?»

«Ehrliche Antwort?», fragte Jobst zurück.

Ferat schüttelte den Kopf. «Nichts da, du bleibst gefesselt, dann kommst du mir nicht in die Quere!»

Die Augen von Max waren immer noch groß wie Wagenräder. Wenn er das in seiner Klasse erzählen würde: sich prügelnde Weihnachtsmänner unterm Christbaum, sein Vater gefesselt – das war ja so was von krass!

Aus den Lautsprecherboxen krochen immer noch am laufenden Band die Weihnachtsohrwürmer. Rudolph das rotnasige Rentier steppte wie auf Koks bestimmt schon zum zehnten Mal mit Schellengeklingel von einer Box zur anderen. Währenddessen saß sein Chef auf dem Sofa, den Kopf gegen Jobsts Schulter gelehnt, und stöhnte.

Aus der Küche kam Kerstin mit Kühlpacks herangeeilt, um zu verhindern, dass Santa Klaus ein Horn aus dem Kopf wuchs. «War das wirklich nötig, den armen Mann so zuzurichten?»

«Was hätte ich denn machen sollen?», verteidigte sich Ferat. «Das ist ein Bulle! Der will mich einlochen!»

«Ach was, der Mann steht kurz vor der Rente, das sieht man doch», warf Jobst ungehalten ein.

«Na und? Es gibt auch alte Bullen!»

«Die werden aber nicht unter Alkoholeinfluss auf die Öffentlichkeit losgelassen!»

«Wie? Der Bulle ist auch noch voll?», fragte Ferat und beugte sich schnuppernd hinab. Angewidert verzog er den Mund.

«Das ist kein Bulle», wiederholte Jobst.

«Nicht vor dem Jungen, Jobst», mischte sich Kerstin nun ein.

«Ich weiß, was ein Bulle ist, Mami!», beschwichtigte Max.

«Ja! Eine Kuh mit Eiern!», feixte Ferat. Sein Lachen verstummte erst, als er Kerstins Blick sah.

«Falsche Erklärung?», fragte er mit unschuldiger Miene.

Kerstin nickte grimmig. Dann spürte sie ihre kalten Hände und ihr fiel wieder ein, was sie eigentlich vorgehabt hatte. Sie stopfte dem Weihnachtsmann die Kühlpacks rechts und links zwischen Stirn und Kapuze.

«Wenn er kein Bulle ist», fragte Max, «was ist er dann?»

In dem Moment regte sich der Alte auf dem Sofa, öffnete die Augen und rieb sich den Schädel. «Darauf hat man mich in der Weihnachtsmann-Schulung nicht vorbereitet», stöhnte er, während er versuchte, sich aufzurichten. Dabei klatschten die Kühlpacks auf den Boden. Kerstin hob sie auf und wollte sie ihm wieder in die Kapuze stopfen.

«Bleiben Sie mir damit vom Leib!», schimpfte der Alte. «Ich bin froh, dass mir endlich warm ist!»

«Geht's wieder, Mann?», fragte Ferat, der endlich eingesehen hatte, dass es sich bei dem Mann nicht um einen Vertreter der Staatsgewalt handelte.

Der Alte mit den Tränensäcken musterte Ferat von

oben bis unten. «Tach, Kollege!», sagte er dann. «Hab ich mich im Haus geirrt?»

«Zu welcher Familie wollten Sie denn?», fragte Jobst.

Kurt wandte sich wortlos zu dem Mann neben sich auf dem Sofa um. Jetzt erst betrachtete er ihn genauer, entdeckte seine unkonventionelle Fesselung und runzelte die Stirn. Dann kramte er umständlich einen zerknüllten Zettel aus der Tasche. Er kniff die Augenlider zusammen und las mit einiger Mühe ab: «Beth…mann?»

Jobst dehnte sich in den Fesseln und drehte seinen hochroten Kopf zur Seite. «Wissen Sie eigentlich, wie spät es ist?», fragte er wütend. «Oder lesen Sie die Uhrzeit am Pegel Ihrer Schnapsflasche ab? Sie haben sagenhafte 76 Minuten Verspätung!»

«Na und …»

«Na und?» Hätte die Lichterkette ihn nicht zuverlässig zusammengehalten, Jobst wäre in diesem Moment geplatzt.

Der bestellte Weihnachtsmann ließ sich nicht einschüchtern und musterte Jobst erneut von oben bis unten. «Wie ich sehe, haben Sie sich die Zeit vertrieben.» Er grinste breit. «Wie heißt das Spiel?»

«Es heißt: Die Reise nach Jerusalem», schrie Jobst ungehalten. «Und Sie haben verloren. Runter von meinem Sofa, raus aus meinem Haus! Mit dieser Arbeitsmoral haben Sie jedes Recht verwirkt – nix mehr mit Bescherung!»

Der Alte hielt sich mit beiden Händen den Kopf. «Was für ein Heiligabend!», ächzte er.

«Was sollen wir denn sagen?», erwiderte Jobst.

«Wurden Sie auch verhaftet?», fragte Kurt mit einem Blick auf Jobsts kunstvolle Fesselung.

«Darauf können Sie wetten!»

«Und zusammengeschlagen?»

«Das nicht», Jobst hob eine Augenbraue, «aber dafür beinahe erschossen!»

Wie aufs Stichwort meldete sich Ferat: «Ich will ja nicht stören, aber wenn ihr zum gemütlichen Teil des Abends übergeht, dann mach ich mich jetzt vom Acker. Und zwar hadi yalla!»

Er ging in die Küche, schob die Gardine zurück und lugte erneut durchs Küchenfenster, um sich ein Bild von der Lage zu machen. Sobald die Einsatzkräfte abgezogen waren, würde er seine Chance nutzen und abhauen. Zu Bea. Zu seinem Sohn. Kerstin trat neben ihn und legte ihm sanft die Hand auf die Schulter. Durch dichtes Schneetreiben schauten sie nach draußen. Die Scheinwerfer der mobilen Einsatzzentrale projizierten zwei leuchtende Trichter ins wirbelnde Weiß.

«Da tut sich was!», zischte Ferat. «Ich muss hier weg!»

«Wie denn? Die werden dich sofort verhaften!», vermutete Kerstin mit Bangen in der Stimme.

«Von wegen! Die können mich mal!»

«Aber wie wollen wir das verhindern?»

«Ich werde Geiseln nehmen», sagte Ferat. Seine Miene verfinsterte sich in grimmiger Entschlossenheit. Kerstin sah ihn aus großen Augen an. «Aber vorher sollte ich mich vielleicht noch ein wenig stärken», ergänzte Ferat in ruhigerem Ton.

Im gleichen Moment streckte der Alte seinen Kopf durch die Küchentür. «Haben Sie eigentlich etwas zu trinken im Haus?», fragte er. Kerstin stutzte. Allmählich wird eine richtige Party daraus, dachte sie.

Ferat legte seine Pistole auf den Kühlschrank und öffnete die Tür. «Mal schauen, irgendwas Schnelles für zwischendurch. Mit vollem Magen flieht sich's besser.» Beherzt griff er zu: deutscher Kartoffelsalat, mit Zwiebeln – wie er den liebte!

Der Alte hatte derweil die Likörflasche entdeckt. Kerstin versorgte ihn mit einem Glas. Schenkte sich und ihm einen kräftigen Schluck ein. Klirrend stießen sie an. «Ich heiße Kurt», sagte der Alte und legte den Kopf in den Nacken, um den Likör zu kippen. «Kerstin», antwortete Kerstin und tat es ihm gleich. Dann öffnete sie die Bratröhre. «Die Gans ist auch gleich fertig ...»

Sie wollte gerade sämtliche anwesende Weihnachts- und Nicht-Weihnachtsmänner an die Festtafel bitten, da rief Jobst vom Wohnzimmer herüber: «Was treibt ihr denn da? Könnt ihr mich nicht endlich losmachen?»

«Beruhige dich», rief Kerstin beschwichtigend zurück. «Wir kümmern uns nur um die Gans. Warum sollen wir die Zeit nicht nutzen? Solange die Polizei da draußen Däumchen dreht. Was ist schon dabei, wenn wir es uns alle ein wenig gemütlich machen?»

«Wollen wir nicht alle zusammen im Wohnzimmer feiern?», rief Jobst etwas kleinlaut herüber. Seine Stimme klang schon viel weniger zornig.

«Prima Idee!», sagte Kurt und packte die Likörflasche am Hals.

Doch plötzlich kam Max in die Küche gerannt. «Ferat! Ferat!»

«Was ist, Max? Hat sich dein Vater befreit?»

«Der gefesselte Typ auf dem Sofa ... das ist sein Vater?», wandte sich Kurt erstaunt an Kerstin.

«Das ist eine lange Geschichte», setzte sie zu einer Erklärung an, doch Max fiel ihr ins Wort. «Ferat muss sofort verschwinden, sonst ist es zu spät!»

In dem Moment schrillte die Türklingel.

«Mama, tu was! Das ist die Polizei!»

Kerstin gab sich einen Ruck und trat in den Flur. Hinter der Milchglasscheibe bot sich das gewohnte Bild: roter Mantel, weißer Bart. In Gedanken zählte Kerstin durch: Mit zwei Weihnachtsmännern in voller Montur und Ehemann Jobst ‹stand by› war das Haus Santa-mäßig gut versorgt. Dennoch bestand kein Zweifel: Draußen vor der Tür trat ein weiterer Kollege von einem Bein aufs andere. Allmählich glaubte Kerstin an einen Scherz mit versteckter Kamera.

Kauend gesellte sich Ferat zu ihr. «Kackscheißeverdammte!», schimpfte er mit vollem Mund.

«Dieser – na ja – groben Einschätzung würde ich zustimmen», sagte Kerstin und fügte dann etwas weniger gelassen hinzu: «Und was jetzt?»

Ferat seufzte. «Ab durch den Garten. Ich kann Bea nicht länger warten lassen.»

«Und wenn die das Haus umstellt haben?», fragte Max besorgt. «In Filmen machen die das immer so.»

Er bekam keine Antwort. Stattdessen schnappte sich Ferat im Vorbeigehen den Jutesack, der im Flur lag, und rannte ins Wohnzimmer.

«Warum probieren wir nicht das mit der Geiselnahme?», fragte Kerstin und lief ihm hinterher.

«Fesselt euch selbst», knurrte Ferat, «das wird sie für einen Moment beschäftigen. Und ich sehe zu, dass ich verschwinde.»

Kurt blieb allein in der Küche zurück. Er sah gar keinen Anlass, die *pole position* am Kühlschrank aufzugeben. Lieber machte er es sich bequem und widmete seine Aufmerksamkeit voll und ganz einer kalten Hähnchenkeule. Die Likörflasche postierte er in Griffweite auf der Abdeckung des Kühlschranks. Was für ein wunderbarer, wahrhaft heiliger Abend: Er hatte das Paradies auf Erden gefunden!

Max lief Ferat hinterher zur Terrassentür. «Vergiss nicht, die Spuren zu verwischen!», brachte er weiteres Filmwissen zur Anwendung. Die Kälte, die von draußen hereinfegte, ließ beide erschaudern.

Ferat runzelte die Stirn und sah auf seine Stiefel. Dann auf das dicke Schneepolster, das sich auf die Terrasse, den angrenzenden Garten, ja, höchstwahrscheinlich auf die ganze Stadt gelegt hatte. Er seufzte. Max breitete die Arme aus. Ferat hob ihn hoch und drückte ihn an sich. Legte seine Wange an die des Jungen.

«Wenn ich mir einen großen Bruder wünschen könnte», flüsterte Max in sein Ohr, «dann müsste er so sein wie du.»

Ferat stellte Max wieder auf dem Boden ab, nahm seinen Blondschopf zwischen die Hände und küsste ihn zärtlich aufs Haar.

«Ich habe Bea angerufen und ihr gesagt, dass du auf dem Weg bist», vermeldete Kerstin und trat hinter die beiden. Zum Abschied gab sie Ferat einen Kuss auf die Wange.

Jobst saß – immer noch gefesselt, aber nicht weit von ihnen entfernt – auf dem Sofa und schüttelte den Kopf. «Anscheinend habt ihr unseren Multikulti-Weihnachtsmann unheimlich liebgewonnen!»

Max nickte. «Aber so was von.» Und zu Ferat sagte er: «Pass auf dich auf!» Dann wandte er sich ab und rannte nach vorn in die Küche, um sicherzugehen, dass Ferats Flucht nicht bemerkt wurde.

Ferat lief in den Garten hinaus. Doch nur ein paar Schritte. Dann drehte er sich um. «Scheiße! Meine Knarre!», rief er

«Was ist damit?», fragte Jobst vom Sofa.

«Wo ist sie?», rief Ferat.

«Haben Sie das Ding denn nicht bei sich?», fragte Jobst empört. «Was sind Sie eigentlich für ein Dilettant!»

«Hey, keine Schimpfwörter! Haben Sie selbst gesagt, Alter!», gab Ferat zurück.

Gerade wollte Jobst ihm seine Definition von ‹Schimpfwort› erklären, da schrie Max von der Küche her aufgeregt dazwischen: «Sie kommen von vorn! Die Bullen kommen!»

«Wir werden sie schon ablenken!», rief Kerstin, die vor Aufregung vergaß, Max zurechtzuweisen. Im gleichen Moment klingelte es wieder an der Tür. «Los, sieh zu, dass du wegkommst!», zischte sie Ferat zu.

Jobst fuhr trotz Lichterkette mit einem Satz hoch und hüpfte mitten ins Zimmer. «Macht mich endlich frei!»

Max begann, seinen Vater zu entwirren, der sich so lange um die eigene Achse drehte, bis die Kette auf dem Boden lag. Ramponiert war sie, aber sie würde ihren Dienst noch ein letztes Mal tun. «Los! Aufs Sofa», sagte er. «Wir müssen uns aneinanderfesseln.» Und im Eifer des Gefechts schickte er noch ein lautes *Hadi yalla!* hinterher.

Ferat kam keine zwanzig Schritte weit. Kaum hatte er sich durch die Hecke aus Lebensbäumchen gequetscht und den Gartenzaun zur Straße hin überwunden, sah er zwei Beamte auf sich zukommen. Er wollte auf dem Absatz kehrtmachen und das Weite suchen, da hörte er ihren Ruf: «Halt! Stehen bleiben! Legen Sie den Sack auf den Boden!»

Ferat ließ den Jutesack in den Schnee gleiten und hob die Hände über den Kopf. «Nicht schießen! Ich ergebe mich! Meine Frau erwartet ein Baby!»

Rasch war einer der Polizisten bei ihm und drehte ihm den Arm auf den Rücken. Der andere tastete ihn ab. «Wo ist die Waffe?», fragte er ungeduldig. Ferat verdrehte die Augen und dachte: Das wüsste ich selbst gern! Laut sagte er: «Welche Waffe?»

Währenddessen hatte der eine Polizist den Sack aufgehoben und geöffnet. «Nichts als Geschenke, Ingo!», sagte er erstaunt. «Und ein paar Flaschen ‹Kleiner Feigling›.» Verdutzt ließ er den Sack sinken. «Dieser Weihnachtsmann ist zweifellos echt!»

«Bist du sicher?»

Ferat begann zu begreifen, was passiert war – und witterte seine Chance. Allem Anschein nach hatte Allah eine Schwäche für Weihnachtsmänner. «Was wollen Sie eigentlich von mir?», fragte er die Beamten ruhig. «Ich bin der Weihnachtsmann. Vom Nordpol. Sie wissen gar nicht, wie schwierig es ist, da einen Job zu kriegen! Man hat nur die Wahl zwischen Weihnachtsmann und Wichser.»

Ulf und Ingo sahen sich an. «Wichser? Will der uns beleidigen?»

«Sie wissen schon, diese armen Schweine, die das ganze Jahr über die Geschenke basteln müssen», erklärte Ferat.

«Ach, er meint Wichtel!», sagten Ingo und Ulf gleichzeitig.

«Wichtel, genau!», bestätigte Ferat, hob stolz den Kopf und zog seinen Mantel zurecht.

Die Polizisten zögerten. Vermutlich ging beiden das Gleiche durch den Kopf: Zwei Weihnachtsmänner hatten sie an diesem Tag schon irrtümlich festgenommen und wieder freigelassen. Ein dritter Fehlgriff würde ihnen eine Menge unangenehmer Probleme bereiten. Eine scharfe Rüge vom Abteilungsleiter und genug Papierkram bis ins neue Jahr würden das mindeste sein.

«Er ist der Falsche!», entschied Ingo. «Keine Knarre, keine Kohle. Lassen wir ihn laufen.»

Ulf spuckte verächtlich in den Schnee. «Sind einfach zu viele Weihnachtsmänner unterwegs heute!»

«Heißt das, ich bin frei?»

Unsicher sahen die Polizisten einander an. «Sollten wir nicht doch lieber die Personalien aufnehmen?»

In dem Moment rauschte ein Kommando durchs Funkgerät. «Achtung, an alle: Auf die Positionen! Es gibt Probleme am Zielobjekt.»

Die Beamten wandten sich von Ferat ab. «Nehmen Sie

die Beine in die Hand und verschwinden Sie so schnell es geht!», zischte Ingo ihm noch zu. «Gleich geht's hier rund!»

«Das glaub ich euch, verdammt noch mal! Aber so was von!», sagte Ferat. Dann begann er beflügelt von seinem schier unfassbaren Glück die Straße hinunterzurennen. Es gab keinen Zweifel mehr: Allah war mit den Weihnachtsmännern!

«Öffnen Sie die Tür! Ich weiß, dass Sie da drin sind.» Steffen wurde langsam nervös. Er sah, dass drinnen Licht brannte, hörte festliche Musik. Aber niemand rührte sich.

«Okay, ich geh jetzt rein!», flüsterte er in sein Funkgerät. Diesmal würde er keinen Fehler machen. Steffen hatte sich in den Kopf gesetzt, die Festnahme im Alleingang und ohne weitere Umwege durchzuziehen. Das war er sich schuldig. Warum sollte schließlich ein Weichei wie Bernd befördert werden? Nein, wenn es hier einer zur Kripo schaffen würde, dann ja wohl er, Steffen Laurus!

«Öffnen Sie die Tür, oder ich schlage sie ein!», rief er und klingelte gleichzeitig Sturm.

«Macht lieber auf, der meint es ernst!», schrie der Mann mit Kippa und Spitzbart und lugte auf der anderen Straßenseite durch die zerbrochene Scheibe seiner Haustür.

Steffen winkelte den Arm an, richtete den Lauf seiner Dienstwaffe senkrecht nach oben und prüfte noch einmal sein Spiegelbild in der Milchglasscheibe. Verdammt, sah er cool aus! Selbst dieses unförmige Kostüm tat seinem muskulösen Erscheinungsbild keinen Abbruch: Er war mit Sicherheit der durchtrainierteste Weihnachtsmann aller Zeiten! Mit der freien Hand fuhr er sich durch den weißen Rauschebart. Dann warf er mit einer Kopfbewegung die Kapuze nach hinten und donnerte seinen Ellenbogen ansatzlos durch die Scheibe.

Das Sicherheitsglas sprang in tausend Teilchen durch den Bethmann'schen Hausflur. Mit dem Sturmstiefel trat Steffen die restlichen Splitter aus dem Rahmen und duckte sich unter der Mittelstrebe hindurch. Warme, vom Geruch einer goldbraun-knusprigen Weihnachtsgans geschwängerte Luft umwehte ihn. Steffen hielt den Atem an. Jetzt nur nicht ablenken lassen. Streng nach Vorschrift, abwechselnd vorwärts und rückwärts sichernd, bewegte er sich durch den Flur. Ein Tritt, ein Krachen – niemand auf dem Gästeklo. Er riss den Vorhang von der Laufschiene – auch die Garderobe war leer. Bis auf eine Menge Wintermäntel und Jacken. Jetzt warf Steffen einen Blick in die Küche. Merkwürdigerweise stand der Kühlschrank offen, aber niemand war zu sehen. Als sein Blick die gutgefüllten Fächer streifte, knurrte sein Magen. Einen Moment überlegte er, ob er nicht vielleicht ein kleines Hühnerbeinchen für zwischendurch rausnehmen sollte ... doch nein! Tapfer trat er einen Schritt zurück und ließ die Küche hinter sich. Allmählich wurde ihm heiß unter dem roten Mantelstoff. Schweiß sammelte sich in den Augenwinkeln. «Ich geh jetzt ins Wohnzimmer», wisperte er mit belegter Stimme in sein Headset.

Ein weiterer Karatetritt, dann hing auch die Wohnzimmertür schief in den Angeln. Mit einem Sprung war Steffen drin. Er landete breitbeinig und ging dabei leicht in die Knie.

Auf dem Sofa saß die erschrockene Kleinfamilie, gefesselt mit einer Lichterkette, deren Birnen zur Hälfte nur noch aus kleinen, bunten Splittern bestanden. Offenbar unverletzt, aber sichtlich traumatisiert hockten die Bethmanns da. Starr wie die Engel auf einer Weihnachtspyramide, die Münder weit geöffnet, aber nicht zum Jubilieren, sondern zum fassungslosen Staunen.

Steffen richtete sich auf.

Jobst stierte ihn aus großen Augen an. «Sie schon wieder?»

Der Polizist legte den Lauf der Waffe an seine Lippen. «Psst. Wo steckt der Weihnachtsmann?», zischte er.

Die Bethmanns rührten sich nicht, als hätten sie die Frage nicht verstanden.

«Ist er noch im Haus?»

Die Bethmanns nickten stumm.

«Er hat die ganze Familie im Wohnzimmer gefesselt», flüsterte Steffen ins Mikro. «Muss hier irgendwo stecken. Ich brauche Verstärkung. Ulf, Ingo, kommt durch den Garten. Aber dalli!»

Steffen öffnete die rückwärtige Tür und spähte nach draußen. Kalte Luft strömte herein. «Könnten Sie bitte die Tür schließen?», fragte Jobst höflich.

Steffen grinste breit und schüttelte den Kopf. «Glauben Sie mir, es schont Ihre Fensterscheibe! Gleich kommt Verstärkung.»

Jobst erhob sich. Die Lichterkette fiel einfach an ihm herunter und blieb zu seinen Füßen liegen. «Verstärkung?», fragte er verwundert. «Warum das denn?»

«Um noch mehr kaputt zu machen?», fragte Max frech.

Der Polizist trat auf ihn zu und sah ihm ernst in die Augen. «Wenn du so neunmalklug bist, erzähl mir doch lieber, was du über euren feinen Weihnachtsmann weißt. Wo steckt der Kerl?»

Mäxchen presste die Lippen aufeinander und schüttelte den Kopf.

«Dann eben nicht, du freches Gör! Genauso unkooperativ wie dein Vater! Oder hat der Typ gedroht, dass er euch kaltmacht, wenn ihr ihn verpfeift? Sag's mir ruhig. Mit dem werde ich schon fertig!» Steffen zog mit dem Lauf der Waffe einen imaginären Strich über seine Kehle.

Da hörten sie ein Geräusch von der Terrasse. Steffen wirbelte herum. «Na endlich! Wo habt ihr so lange ge…»

Er brach mitten im Wort ab. Vor der Tür standen nicht Ingo und Ulf. Steffen blickte in fünf Pistolenläufe, dahinter dunkle Gestalten in voller Montur, mit Nachtsichtgeräten und kugelsicheren Westen. «Keine Bewegung!», schrie der Einsatzleiter des SEK. «Legen Sie sofort die Waffe hin!»

«Verdammt!», schrie Steffen zurück. «Was habt ihr hier zu suchen? Ich bin Polizeihauptmeister Steffen Laurus! Ich komme alleine klar!»

Die fünf SEKler sahen sich an. Dann sagte der Wortführer: «Kann ja jeder behaupten. Ihre Dienstmarke?»

Steffen tastete an seinem Weihnachtsmannkostüm herum. Und erblasste. «Die hab ich beim Umziehen vergessen!»

«Sehr witzig! Dann legen Sie mal schön langsam die Waffe auf den Boden …»

Steffen winkte ab und machte einen Schritt auf die Kollegen zu. «Das ist ein Missverständnis ...»

«Waffe runter, hab ich gesagt!», schrie der Einsatzleiter.

Steffen ließ die Waffe fallen wie ein glühendes Stück Kohle.

«So, und jetzt schön auf die Knie ...»

«Nein, halt, ich habe eine Idee.» Langsam hob Steffen die Hand ans Gesicht.

«Was haben Sie vor?»

Mit beherztem Griff zog er den weißen Bart herunter. «Erkennt ihr mich nicht?»

«Er ist es tatsächlich!», rief einer von den fünfen. «Steffen Laurus! Die Pfeife, die unseren Kommandostand entführt hat!»

«Na gut», sagte der Einsatzleiter und klappte das Visier des Nachtsichtgeräts hoch. «Die Sache wird ein Nachspiel haben. Aber jetzt müssen wir uns erst mal um diesen Baumarkträuber kümmern. Wo steckt der Kerl?»

Erleichtert zog Steffen sich den Bart nun ganz aus dem Gesicht. «Er muss noch irgendwo hier im Haus sein.»

Einer nach dem anderen drangen die fünf Polizisten durch die Tür ins Wohnzimmer, und die Bethmanns registrierten dankbar, dass sie Ferats Spuren auf der Terrasse und im Garten komplett zertrampelt hatten.

Genauso rücksichtslos rissen sie jetzt auch die Bethmanns vom Sofa und schleppten sie nach draußen in den Garten, um sie vor dem unberechenbaren, bewaffneten Räuber in Sicherheit zu bringen.

«Es ist doch nur der Weihnachtsmann», warf Max ein. «Und zwar der richtige. Tut ihm nicht weh!»

«Klar», sagte Steffen grinsend, «der echte Weihnachtsmann! Als ob du daran noch glaubst!»

«Hören Sie auf damit!», zischte Jobst. «Sie wissen gar nicht, wie viel ...»

«Klar glaube ich an den Weihnachtsmann», unterbrach ihn Max. «Ich hab ihn gesehen. Er ist im Haus. Ich schwör's.»

«Na gut! Dann werden wir ihn ja schnell finden!»

«Er ist vollkommen harmlos, wirklich!», beteuerte Jobst. Angesichts der Einsatzbeamten in voller Kampfmontur begann er, sich Sorgen um Kurt zu machen. Andererseits, dachte Jobst, hatte er eine gerechte Strafe für sein Zuspätkommen verdient. Schließlich hatte er ihnen damit den ganzen Schlamassel eingebrockt!

Die SEKler hielten die Köpfe der Bethmanns nach unten und schoben die drei in gebückter Haltung durch den verschneiten Garten – aus der vermeintlichen Schusslinie. Sie benahmen sich so, als befänden sie sich in einer von Terroristen besetzten Stadt am Hindukusch und nicht im familienfreundlichen Vorort einer deutschen Großstadt.

Zurück im Haus, rieb sich Steffen die Hände. «Und jetzt schnappen wir uns den Weihnachtsräuber!»

«Jawoll!», bekräftigten die SEK-Beamten.

«Wo fangen wir an?», fragte Steffen. «Ihr oben? Ich unten?» Die anderen nickten und stürmten die Treppe rauf. Steffen hatte die ganze untere Etage für sich allein! Zuerst ließ er den Ellbogen in die Terrassentür krachen. Dann trat er voller Vorfreude in den Flur. Doch da meldeten sich über Funk Ulf und Ingo: «Seid ihr schon beim Durchsuchen? Wir kommen jetzt rein!?»

Gerade wollte Steffen enttäuscht antworten, da vernahm er ein Geräusch. War das ein Schmatzen? Oder ein Schlucken? Oder beides zugleich?

Zweifellos kam das Gegrunze aus der Küche. Nach rechts und links sichernd, schlängelte sich Steffen durch den Flur. «Ich glaube, ich hab ihn!», zischte er ins Mikro. «Schon? Schade!», nörgelten die SEKler über Funk. Steffen bog um die Ecke und hatte nun freien Blick.

Da stand er vor dem Kühlschrank und hatte Steffen den Rücken zugekehrt: Der Weihnachtsräuber in voller Verkleidung. «Keine Bewegung», sagte Steffen mit fester Stimme. Der Weihnachtsmann schreckte zusammen. Eine Flasche fiel klirrend zu Boden. Wenn das nicht schon ein Geständnis war!

«So, und jetzt drehen Sie sich ganz langsam um!»

Der Weihnachtsmann tat, wie ihm geheißen – und erkannte den Polizisten, noch bevor er seine Drehung vollendet hatte. «Nicht schon wieder», stöhnte Kurt mit glasigen Augen.

Steffen hätte es nicht treffender ausdrücken können. Doch die Begegnung hatte ihm die Sprache verschlagen.

«Suchen Sie immer noch Ihren Räuber?», fragte Kurt. «Warum denn ausgerechnet hier? Und warum ausgerechnet mich?» Er wandte sich wieder halb herum und tastete verwirrt nach der Flasche, deren Deckel er immer noch in der Hand hielt.

«Was machen Sie da?», fragte Steffen, plötzlich misstrauisch geworden.

«Die Flasche zu», murmelte Kurt, «damit nichts verschüttet wird.»

«Verschüttet? Aber ...» Steffen starrte auf die klebriggelbe Pfütze, die sich auf dem Boden ausbreitete.

Kurt hielt inne. Seine Hand ertastete auf dem Kühlschrank etwas Kaltes, Metallisches. Seine Finger schlossen sich um den Griff. Kurt war selbst ganz erschrocken, als er das Ding hervorzog. Schwer lag es in seiner Hand. Und der Lauf zeigte, ohne dass Kurt es beabsichtigt hätte, direkt auf den Polizisten.

Steffens Augäpfel sprangen fast aus ihren Höhlen, als er die Waffe in Kurts Hand entdeckte. «Zugriff!», wisperte er erst mit kaum vernehmbarer Stimme. Und schrie dann wie wahnsinnig ins Headset: «Zugriff!»

Dann explodierte die erste Nebelgranate.

Als sich kurze Zeit später der Nebel wieder lichtete, blickte Bernd Schaaf stolz auf die beiden Weihnachtsmänner, die vor ihm am Boden lagen. Er hatte sie mit Handschellen aneinandergefesselt. Doch sein Triumph währte nicht lange.

«Runter von meinem Bauch!», polterte Steffen. Bernd sprang auf. Er hatte in das Gesicht seines Chefs gesehen – das war vor Wut fast so rot wie sein Kostüm.

«Wenn du uns nicht sofort die Handschellen abnimmst, war das gerade dein letzter Einsatz als Polizist!», zischte es unheilvoll aus diesem Gesicht.

«Steffen?», sortierte Bernd laut seine Gedanken. «Aber wenn du das bist, dann muss doch der andere ...»

Steffen half seinem Kollegen auf die Sprünge und zog mit der ungefesselten Hand dem zweiten Weihnachtsmann den Bart runter. «Der ist es auch nicht!»

Verdattert schaute Bernd Kurt an. Der machte eine Unschuldsmiene, die sich kurz darauf in eine schmerzverzerrte Grimasse verwandelte. Steffen hatte das Bartgummi wieder losgelassen.

«Aber ... aber ...», stammelte Bernd fassungslos, «heißt das, der Weihnachtsräuber ist entkommen?»

Ratlos sah Steffen seinen Kollegen an, auch als dieser ihn bereits von der Handschelle befreit hatte. Plötzlich hörte man aus dem Wohnzimmer ein lautes Poltern. Die Augenbrauen der Polizisten hoben sich hoffnungsvoll. Hatte der Räuber sich etwa die ganze Zeit hinter dem Christbaum versteckt? Doch dann ertönte die Stimme von Jobst Bethmann: «Entschuldigung!», rief er. «Aber könnte uns bitte jemand helfen, den Schrank wieder aufzurichten?»

Vollends entmutigt sanken Bernd und Steffen nebeneinander auf den Küchenboden.

«Na, dann mal frohe Weihnachten, die Herren!», wollte Kurt sich schon verabschieden. Aber da fiel ihm ein, dass er ja auch noch irgendwie hier wegkommen musste. Und mit vollem Magen den ganzen Weg laufen? Nein. Dann schon lieber eine Taxifahrt auf Staatskosten. «Wären Sie vielleicht noch so gut», fragte er die beiden erschöpften Beamten, «einen armen, alten Weihnachtsmann noch ein Stück mit in die Stadt zu nehmen?»

Als die Bethmanns wieder allein waren, sahen sie sich kopfschüttelnd um. Das Wohnzimmer hatte nur noch wenig Ähnlichkeit mit einer menschlichen Behausung. Der Boden war übersät von Splittern, bunt glitzernden Scherben und Tannennadeln. Der Weihnachtsbaum lag umgestürzt in einem Berg aus schwarzer Erde, einzelne Kerzen brannten noch oder hatten kleinere Äste entzündet. Statt Weihnachtsatmosphäre kam hier eher das Gefühl auf, gerade ein schweres Erdbeben überlebt zu haben. Auf der Terrasse lagen kaputte Geschenke, zertretene Verpackungen und zerfetztes Geschenkpapier. Im Wohnzimmer war der Löscheimer umgestoßen worden und hatte das Parkett so gründlich unter Wasser gesetzt, dass sich bereits erste Paneelen aufwölbten. Als der Adventskranz in Brand geraten war, hatte ein Beamter eine Polyester-Wolldecke darübergeworfen, die jetzt stinkend vor sich hin schwelte.

Einzig die Krippe stand unversehrt an ihrem Platz. Doch wo vorhin noch die untersten Zweige des Baumes ein schützendes Dach über Bethlehems Stall gespannt hatten, rauften sich Maria und Josef die Haare und fragten sich, in welches Chaos sie hier geraten waren. Eilends rafften sie ihr Hab und Gut zusammen, hoben das Jesuskind aus der Krippe und beschlossen, nach Ägypten zu fliehen ...

Der Nebel der Granaten lichtete sich weiter, und je klarer die Sicht wurde, desto starrer wurden die Mienen von Kerstin und Jobst. Nur Max wuselte hinter dem Baum herum und hielt das Ganze für ein riesiges Abenteuer. «Cool, einfach nur megacool», brachte er von Zeit zu Zeit hervor.

Jobst war in sich zusammengesunken und hatte die Hände wie zum Gebet im Schoß gefaltet. Bis er sich plötzlich mit einem Ruck erhob und die Arme in die Höhe streckte, als wolle er eine Bergpredigt halten. Er hielt inne – dann klatschte er zweimal in die Hände und sagte: «Gut, wo fangen wir an? Immerhin ist heute ... Heilig... Heilig...» Er sackte zurück aufs Sofa und fing leise an zu schluchzen. Kerstin strich ihm zärtlich über den Kopf.

«Was ist denn eigentlich mit den Geschenken?», fragte Max, um seinen Vater auf andere Gedanken zu bringen.

Jobst hob den Kopf und sah seinen Sohn mit feuchten Augen an. Seine Miene hellte sich auf. «Ja, du hast recht, Mäxchen! Beginnen wir von vorn. Vielleicht ... wird ja doch noch was aus unserem Weihnachtsfest.»

Binnen kürzester Zeit hatte Max einen Jutesack hinter dem Baumgerippe hervorgezogen. Schwer schleifte er über den Boden, der Inhalt schepperte. Vor seinen Eltern ergriff Max den Sack an den unteren Zipfeln und zog sie langsam in die Höhe. Und auf den Boden polterten – einer nach dem anderen – elf graue Kasseneinsätze.

«Neeeein!», schrie Jobst und verabschiedete sich endgültig von seiner zart aufkeimenden Hoffnung auf einen versöhnlichen Ausgang des Abends.

«Was machen wir damit?», fragte Kerstin.

«Auspacken!», rief Max mit leuchtenden Augen.

Jobst hob den Kopf, ein irrer Blick flackerte in seinen Augen. «Du hast recht, Mäxchen! Öffnen wir die Geschenke!» Sein Blick glitt durchs Zimmer. «Wo ist mein Werkzeugkasten? Ich brauche ein Brecheisen.»

Erschrocken sah Kerstin ihn an.

»Nur mal reingucken ...», beschwichtigte Jobst.

«Oh», stöhnte Bea laut. «Oooooh.»

«Atmen», schrie Ferat dagegen an, «atmen!»

«Ah!», antwortete Bea. «Aaaaah!»

«Schneller atmen!»

«Oh, ah, oh, ah!»

«Hecheln!», flehte Ferat. Und dachte: Wenn es doch nur endlich vorbei wäre.

Immerhin waren die Scheiben des Autos beschlagen. So konnte wenigstens niemand von draußen sehen, was auf der Rückbank des Wagens vor sich ging. Bea lag breitbeinig auf Ferat, presste die Füße gegen die eine Seitentür und ihren Freund gegen die andere. Ferat hatte seine Arme um ihren Oberkörper verschränkt und versuchte schweißgebadet, sich daran zu erinnern, was ihnen die Hardcore-Hebamme im Geburtsvorbereitungskurs beigebracht hatte.

«Ich muss ins Krankenhaus», schrie Bea, als die Wehe abklang. «Ich werde mein Kind nicht in dieser verfickten Rostlaube zur Welt bringen.»

«Ich muss erst den Sack holen», sagte Ferat entschlossen, «danach fahr ich dich ins Krankenhaus.»

«Scheiß auf den blöden Sack! Der hat uns schon genug Ärger eingebrockt!»

«Ich riskier doch nicht, in den Knast zu wandern, und lass dann das Geld liegen!»

«Genau das hast du doch schon getan!» Bea starrte ihn aus leeren, erschöpften Augen an. «Was bist du eigentlich für ein Mann?»

Ferat verstummte beleidigt. Auch wenn man Gebärende nicht beschimpfen sollte – diesen Vorwurf konnte er nicht auf sich sitzen lassen! Das hatte er nicht verdient!

Immerhin hockte er hier wie einer von diesen deutschen Schwachmaten und half seiner Freundin beim Kinderkriegen. Energisch schälte er sich hinter ihrem Rücken hervor. «Bea», sagte er, so ruhig er konnte, «ich werde jetzt losgehen und diesen verdammten Sack …»

«Mach, dass du rauskommst!», fiel sie ihm ins Wort. «Lass dich bloß nicht davon aufhalten, dass ich gerade unser Kind zur Welt bringe.» Sie hatte sich halb zu ihm umgedreht und ihm ein paar äußerst schmerzhafte Fauststöße verpasst.

Ferat griff hinter sich, öffnete die Tür und fiel beinahe in den Schnee hinaus.

«Und dann», rief Bea ihm hinterher, «fährst du mich so was von scheißeyalla in dieses Scheißkrankenhaus …»

«Gözde», unterbrach Ferat und hob den Zeigefinger, «sag nicht öfter Scheiße als ich! Das ist eine Frage der Ehre!» Dann schlug er die Autotür zu.

Bea atmete tief durch. Die Wehe war vorüber, der Schmerz ebbte ab. Ihre Haare hingen nass in die Stirn, Schweiß rann ihr den Nacken hinunter.

«Geh schon», keuchte sie, «aber bleib keine verdammte Scheißsekunde länger weg als notwendig!»

Mit gesenktem Kopf schlich Bernd die Treppenstufen zum Haupteingang des Präsidiums hinauf. Er hatte in seinem Leben viele bittere Niederlagen einstecken müssen, doch das war der absolute Tiefpunkt. Im Bereitschaftsraum empfing ihn Steffen, der immer noch das ramponierte Santa-Kostüm trug, mit einem vernichtenden Blick.

Dann wandte er sich an den Rest der Truppe: «Schluss für heute: kleine Bereitschaft. Bernd, Ulf und Ingo, ihr bleibt. Der Rest kann nach Hause gehen.»

Die Männer grummelten zustimmend und machten sich schleunigst auf den Weg zu ihren Familien.

«Wir können ihn doch nicht einfach laufenlassen!»

Steffen fuhr ruckartig herum und packte Bernd am Kragen. «Halt bloß die Klappe!» Dann ließ er ihn langsam wieder los. «Wir werden heute nicht noch einmal ausrücken – und wenn der Mond vom Himmel geklaut wird!»

«Gut», sagte Bernd und fügte sich seufzend in sein Schicksal, «dann machen wir es uns eben auf der Wache gemütlich.»

«Du kannst es dir gemütlich machen», knurrte Steffen und zog sich dabei energisch die rote Kapuze vom Kopf, «aber sieh zu, dass du mir dabei nicht in die Quere kommst. Nicht mal dem Spiegelbild deines Schattens will ich heute noch begegnen! Verstanden?»

Bernd war am Boden zerstört. «Und ich dachte, wir trinken noch alle zusammen ein Gläschen Punsch und essen Christstollen ...»

«Noch ein Wort», presste Steffen hervor, «noch ein Mucks von dir, und ich sorge dafür, dass du heute Abend noch eine Bescherung erlebst! Und zwar eine, die du so schnell nicht wieder vergisst!»

«Eine Palette ‹Kleine Feiglinge›!», orderte Kurt an der Tankstelle, an der ihn die Polizisten aus dem Streifenwagen geworfen hatten.

«Welche Promillegrenze gilt eigentlich am Nordpol?», fragte der Tankwart mit einem breiten Grinsen.

Kurt zog die Kapuze herunter und schüttelte – immer noch fassungslos – die weißen Kunstfaserlocken. «Wenn du wüsstest, was ich hinter mir habe ...»

Wie die Glöckchen eines Rentierschlittens schlugen die Fläschchen aneinander, als der Tankwart sie auf den Tresen stellte. Er scannte den Strichcode ein, und noch bevor der Preis im Display erschien, begann Kurt, in den Taschen seines Kostüms zu wühlen. Sie waren leer.

Der Tankwart beobachtete ihn, sah die Verwirrung in Kurts Gesicht und las dann den Preis erneut vom Display ab.

Kurt schwitzte. «Gibt es einen Heiligabendrabatt für Weihnachtsmänner im Dienst?»

«An wie viel dachtest du denn?», fragte der Tankwart mit einem milden Lächeln auf den Lippen.

«Na ... so etwa ... ein ... hundert ... Prozent?»

Der Tankwart legte beide Hände um die ‹Feiglinge› und zog sie wieder hinter die Kasse zurück. Kurt sah ihn enttäuscht an. «Nicht ein Fläschchen?»

Seine traurigen Tränensäcke verfehlten ihre Wirkung nicht. Der Tankwart zeigte erste Symptome von Mitleid.

«Glaub mir», bettelte Kurt weiter, denn er witterte seine Chance, «vor einer halben Stunde hatte ich noch die Taschen voller Geld!»

Der Tankwart stützte den Ellbogen auf den Tresen und das Kinn in die Hand. «Ach was!»

«Ich weiß doch auch nicht, wo die ganzen Scheine hin sind.»

«Scheine? Man verdient wohl ganz ordentlich als Weihnachtsmann, was?»

Kurt winkte ab. «Fast nichts, wenn man überlegt, wie stressig der Job ist!» Angestrengt dachte er nach. Bevor er bei den Bethmanns gestrandet war, waren die Taschen noch prallvoll gewesen. Dann hatte das Unheil seinen Lauf genommen … Überhaupt, die Bethmanns! Eine nette Familie, etwas chaotisch zwar, aber … Da fiel es Kurt siedend heiß ein: Sie waren ihm den Lohn schuldig geblieben!

«Warte!», platzte es aus Kurt heraus. «Ich kann bezahlen! Bin gleich wieder da!»

Mutterseelenallein hockte Bernd Schaaf im Aufenthaltsraum des Polizeipräsidiums. Er hielt den Kopf zwischen den Händen und ging in Gedanken noch einmal die missglückten Einsätze des Abends durch. Er versuchte zu verstehen, wie die verdächtige Häufung von Weihnachtsmännern im Hause der Bethmanns zustande gekommen sein konnte. Gedankenverloren zupfte er dabei das Lametta vom künstlichen Mini-Tannenbaum, der vor ihm auf dem Tisch stand. Der Flachbildschirm an der Wand war schwarz wie die Nacht. Bernd ließ ihn ausgeschaltet. Das weihnachtliche Fernsehprogramm hätte ihn nur melancholisch gestimmt. Selbst die Lust auf *Drei Nüsse für Aschenbrödel* war ihm vergangen.

Immer noch in Gedanken, begann Bernd die Melodie von ‹O du fröhliche› zu summen. Und während er so vor sich hin summte, reifte in ihm eine langgehegte Vermutung zur beinahe hundertprozentigen Gewissheit: Der Schlüssel zu diesem merkwürdigen Fall lag dort, wo er ihn die ganze Zeit gesucht hatte: im Hause der Bethmanns.

Als kurz darauf Ulf den Raum betrat, sprudelte die Erkenntnis nur so aus Bernd hervor: «Ich könnte schwören, dass Jobst Bethmann der Räuber ist. Und das Geld hat er garantiert noch irgendwo im Haus! Schließlich haben wir ihn erwischt, als er gerade das Kostüm loswerden wollte. Roch es nicht penetrant nach Spiritus? Fünf Minuten später, und er hätte es verbrannt!»

«Logisch», erwiderte Ulf mit einem ironischen Grinsen, «um die ganze Stadt auf sich aufmerksam zu machen.»

Bernds Blicke glühten plötzlich vor Tatendrang. «Ich schwöre dir, er ist es! Und wir haben ihn gehen lassen!»

«Und diese Romy? Die hat ihn nicht erkannt!»

«Die steckt mit ihm unter einer Decke. Kam sie dir nicht auch unglaublich cool vor, dafür, dass sie mit einer Waffe bedroht wurde? Ich sage dir, die kannten sich. Das war ein abgekartetes Spiel.»

Bernd riss einen Streifen Lametta der Länge nach in zwei Hälften. Ulf sah ihm kopfschüttelnd dabei zu. «Und was hast du jetzt vor?»

«Das werde ich dir sagen: Ich fahre noch mal hin und verhafte Jobst Bethmann. Diesmal endgültig!»

Ulf schlug sich mit der Hand vor die Stirn. «Erzähl das bloß nicht Steffen. Der legt das Präsidium in Schutt und Asche, wenn du ihm mit der Idee kommst.»

Bernd ließ seine Faust in den Handteller klatschen, so, wie Steffen es immer tat, wenn er Entschlossenheit demonstrieren wollte. «Keine Sorge, der wird gar nichts davon mitkriegen. Ich werde den Räuber nämlich auf eigene Faust schnappen!»

«Reicht es nicht, dass du dich heute Abend schon dreimal zum Horst gemacht hast? Allmählich glaube ich, dir macht das Spaß!»

Die Erwähnung seiner Fehlschläge machte Bernd nur noch entschlossener. «Ich werde euch beweisen, dass mich mein Instinkt nicht getäuscht hat!»

Ulf hatte sich an den Tisch gesetzt und ein Stück Stollen vom Weihnachtsteller genommen. Beherzt biss er hinein. «Na dann viel Glück, Bernd», sagte er mit vollem Mund. «Aber pass auf dich auf. Der Räuber ist bewaffnet.»

«Umso besser», sagte Bernd und bemühte sich, exakt so entschlossen zu schauen wie die Helden in Actionfilmen. «Dann sind wir ja schon zu zweit!»

Ferat pirschte sich von der Gartenseite an das Grundstück der Bethmanns heran. Die Luft war kalt, aber rein. Nirgends Polizei in Sicht. Aus dem Dunkel des Gartens heraus beobachtete Ferat durch die Fensterscheibe, wie sich die Bethmanns bemühten, das Wohnzimmer wieder aufzuräumen. Jobst stand auf einer Bockleiter und begradigte die Spitze des ratzekahl nadellosen, teils verkohlten Tannenbaums mit neuen Spanngurten. Max sammelte die wenigen unversehrten Christbaumkugeln ein, um sie an die nackten Zweige zu hängen. Der Fußboden war zur einen Hälfte überschwemmt, zur anderen Hälfte mit schwarzen Brandflecken übersät. Kerstin schob Scherben und Nadeln auf eine Kehrichtschaufel. Aus der Tür, die zum Garten führte, hatten sie die restlichen Glassplitter herausgeschlagen. Das Loch war notdürftig mit Pappe und Resten von Geschenkpapier verschlossen. Ferat war schon drauf und dran, an die noch intakte Fensterscheibe zu klopfen, da kamen ihm plötzlich Zweifel. Erstens: Er hatte dieser Familie verdammt viel zu verdanken, wollte er ihnen jetzt noch mehr Umstände machen? Und zweitens: Was, wenn irgendwo doch die Polizei lauerte? Wenn sie nur darauf wartete, dass er zurückkam, um das Geld zu holen?

Um sich Klarheit zu verschaffen, beschloss Ferat, auf der Vorderseite des Grundstücks nachzuschauen. Wenn dort keine Spur von der Polizei war, würde er einfach klingeln. Vielleicht – inschallah – hatte er ja noch ein letztes Mal Glück!

«Mann, das war so cool», rief Max zum wer-weiß-wievielten Mal, «als die hier rein sind, mit gezogenen Waffen, so, und dann hier durch! Paff! Rumms! Womm! Und wie die dann alles nur noch platt gemacht haaben und zwei Weihnachtsmänner gefesselt – mit echten Handschellen!»

Jobst nickte schicksalsergeben und befestigte den letzten Satz Bienenwachskerzen an den Zweigen. Alle Bethmanns trugen Wintermäntel, denn durch die zerstörte Gartentür strömte trotz der Pappverkleidung eisige Luft. Auch der Kamin half da wenig, obwohl er wie verrückt bullerte. Kerstin hatte alles hineingestopft, was sie finden konnte: abgerissene Schranktüren, zerfetzte Bettwäsche – der SEK-Einsatz hatte schließlich genügend

Brennmaterial hinterlassen. Doch gegen die Kälte der Dezembernacht kam der kleine Zierkamin einfach nicht an. Die Topfpflanzen hatte Kerstin vorsichtshalber in die Küche evakuiert. Zwei lange Tage standen ihnen bevor, in denen es gewiss schwierig sein würde, einen Glaser zu erreichen. Kerstin schleppte schwere Wolldecken herbei, um sie zusätzlich vor die notdürftig geflickte Terrassentür zu hängen.

«Wozu die Decken?», fragte Max.

«Die sollen die Kälte draußen halten», antwortete Kerstin.

«Und was machen wir», fragte Max nachdenklich, «wenn ein Einbrecher kommt?»

«Ein Einbrecher?», tat Jobst verächtlich. Als ob ihm dieser Gedanke noch irgendeinen Schrecken einjagen könnte ...

Kerstin sah ihn mit ernstem Blick an. «Max hat recht. Was machen wir dann?»

Beide schwiegen ratlos.

«Ein Einbrecher», wiederholte Jobst so fassungslos, als stünde er schon im Raum.

Max sah, was er mit seiner Frage angerichtet hatte. «Ach was, dann schnappt Paps ihn sich, schlägt ihn nieder und schmeißt ihn wieder zum Fenster raus!», rief er schnell.

«Du hast zu viele Actionfilme gesehen!», wiegelte Kerstin ab. «Aber vielleicht kümmern wir uns wirklich lieber später um das Fenster. Wir könnten jetzt nämlich essen.» Nach den zahlreichen vergeblichen Anläufen des Abends schien ihr der Konjunktiv mehr als angebracht.

«Sag bloß, die Küche hat das Flächenbombardement überstanden?», fragte Jobst.

«Den Rotkohl hat's leider erwischt», antwortete Kerstin. «Aber die Gans war im Ofen in Sicherheit.»

«Wenigstens etwas», sagte Jobst tonlos. «Dann kann es ja doch noch ein richtig schönes ...» Aber bei dem Gedanken daran, was schon alles schiefgelaufen war, begann seine Stimme sofort wieder zu zittern.

Kerstin beeilte sich, ihn zu beschwichtigen. «Komm schon, Schatz. Sieh einfach nicht hin! Wir machen es uns schön.»

«Lass mich nur noch eben die Kerzen anbringen», fasste sich Jobst mit Mühe. «Wenn sie hübsch brennen, muss ich vielleicht nicht ständig auf die Schrankwand schauen.» Beim Löschen des Baumes war nämlich das Regal mit den Fotobänden in Mitleidenschaft gezogen worden. Das Eichenfurnier warf Blasen. Und einige der eingetretenen Schranktüren waren bereits dem Kaminfeuer zum Opfer gefallen.

Nachdem Jobst die letzte Kerze befestigt hatte, stieg er mit bemüht fröhlicher Miene von der Leiter. Als er auf den ruinierten Parkettboden trat, umfasste Max seinen Bauch und herzte seinen Vater mit aller Kraft. «Wir machen alles wie immer, ja? Du spielst den Weihnachtsmann und gibst mir meine Geschenke. Dann essen wir Gans und hören Weihnachtsmusik und sitzen um den Baum herum und singen. Und später gehe ich ins Bett und tue so, als würde ich schnell einschlafen. Und ihr geht ins Bett und macht euren Ringkampf. Alles wie in jedem Jahr. Einverstanden?»

Jobst und Kerstin sahen sich mit puterroten Gesichtern an.

«Damit es ein richtiges Weihnachten wird», schloss Max und sah zufrieden in die Runde.

Jobst ging auf die Knie und nahm seinen Sohn in die Arme. Sie drückten sich lange, und Jobst schluchzte ein paarmal an Max' Schulter.

Nachdem er den schwachen Moment überwunden hatte, erhob er sich. «Gut. Dann gehe ich mich jetzt umziehen.» Und als er in den Flur trat: «Aber das Kostüm stinkt furchtbar nach Spiritus.»

«Macht doch nichts», winkte Max ab.

Und als Jobst fast schon an der Haustür war, rief Max ihm noch hinterher: «Ich werde dich auch bestimmt nicht nach deiner Schuhgröße fragen!»

Zur Antwort streckte Jobst den Daumen in die Höhe, aber den sah Max schon nicht mehr, denn Jobst stand bereits draußen in der Kälte. Und in dem Moment gestand er sich etwas ein: Max wird langsam erwachsen, dachte er. Max *weiß* nun – und doch *glaubt* er weiterhin! Er hat den naiven, ahnungslosen Glauben gegen den skeptisch hinterfragenden eingetauscht. Kein schlechter Tausch. Und ein notwendiger dazu. Ein bittersüßes Glücksgefühl durchströmte Jobsts Herz. Er begriff, dass Max die unschuldige, unwissende Kinderweihnacht verloren hatte – aber die Erinnerung daran würde er für immer in seinem Herzen bewahren ...

Beflügelt von einem feierlichen Hochgefühl, öffnete Jobst das Garagentor. Quietschend schwenkte es nach oben. Und als er in die Garage trat, schlug ihm aus dem Dunkel bereits der Spiritusduft entgegen, der seinen wohl letzten Auftritt als Weihnachtsmann begleiten würde.

Kurze Zeit später hatte Jobst sich umgezogen und trat mit dem Sack in der Hand aus der Garage. Tief atmete er die Winterluft ein – doch die Spiritusdämpfe überdeckten den Schneeduft und sorgten dafür, dass sich Jobsts Magen krampfartig zusammenzog. Er schwang den Sack auf den Rücken und wollte sich schon dem Haus nähern, da erblickte er an der Ecke zur Stichstraße einen weiteren Weihnachtsmann. Gelassen und ohne Eile kam der die Straße herab – direkt auf ihn zu.

Plötzlich öffnete sich die Tür eines auf der gegenüberliegenden Straßenseite geparkten Wagens. Heraus stieg – Jobst traute seinen Augen kaum – noch ein Weihnachtsmann. «Hohoho», rief er und lief ebenfalls zielstrebig auf Jobst zu.

Doch damit nicht genug. Um die Ecke seines eigenen Hauses sah Jobst noch einen dritten Santa durch den Garten kommen. Der stapfte breitbeinig durch den Schnee und hatte ganz offensichtlich dasselbe Ziel wie seine Kollegen.

«Hab ich was verpasst?», fragte Jobst trocken. «Findet hier das Casting für *Deutschland sucht den Superweihnachtsmann* statt, und wir singen am Ende alle zusammen ‹O du fröhliche› vierstimmig?»

Mittlerweile war auch der vierte Weihnachtsmann herangekommen. Er trat in den Kreis, und alle begannen, sich gegenseitig misstrauisch zu mustern.

Der, der aus dem Auto gestiegen war, rührte sich als Erster. «Hohoho!», rief er und zog eine Pistole aus seiner pelzgesäumten Manteltasche. «Jobst Bethmann, das Spiel ist aus. Her mit dem Sack!»

Aber Jobst war wild entschlossen, sich nicht noch einmal ins Handwerk pfuschen zu lassen. «Niemals!», schrie er. «Sie werden jetzt ein für alle Mal aufhören, mir mein Weihnachtsfest zu versauen!»

«Das werden wir ja sehen! Ich wette, in dem Sack da steckt die Beute von dem Baumarktüberfall. Und Sie wollten damit gerade über alle Berge verschwinden!», sagte der Weihnachtsmann mit der Waffe in der Hand trotzig.

«Scheiße, Alter, stimmt das? Sie wollten mich abzocken!», empörte sich der zweite Weihnachtsmann.

«Mir schuldet er auch noch Geld!», rief der dritte. Schlagartig wurde der Kreis, den die drei um Jobst gebildet hatten, enger. Hinter Jobsts Schläfen pochte es, als wolle sein Schädel bersten. «Das ist alles ein fürchterliches Missverständnis», stammelte er. «Lassen Sie mich endlich in Ruhe! Ich will doch nur meinen Sohn bescheren!»

Mit diesen Worten wirbelte er herum und floh die wenigen Stufen zur offenen Eingangstür hinauf. Der Weihnachtsmann mit der Waffe rief ihm hinterher: «Stehen bleiben! Oder ich schieße!»

In dem Moment trat Max in den Flur. Jobst hätte ihn beinahe umgerannt. An seinem Vater vorbei erblickte er die drei fremden Weihnachtsmänner, entdeckte die Waffe in der Hand des einen und begriff, dass sie auf den Vater gerichtet war.

«In Deckung, Max, er hat eine Waffe!», schrie Jobst mit Panik in den Augen. Auch Max begann zu schreien – und zwar so hoch, schrill und lange, dass beinahe die restlichen Christbaumkugeln im Wohnzimmer zersprangen. Die Weihnachtsmänner hielten sich die Ohren zu. Jobst stellte sich schützend vor seinen Sohn. «Sehen Sie, was Sie angerichtet haben!», schrie er. «Wir sind fertig mit den Nerven, lassen Sie uns endlich in Frieden!»

Die drei Weihnachtsmänner rührten sich nicht. Endlich trat einer vor. «Erst wenn Sie mir den Sack gegeben haben.»

«Darin sind doch nur die Geschenke für meinen Sohn!»

«Du lügst, Alter!»

«Zeigen Sie her!», sagte der mit der Pistole. «Los! Raus damit!»

Entnervt warf Jobst seinen Sack auf den Boden. Es schepperte laut. Der mit der Pistole runzelte die Stirn. Doch im nächsten Moment schepperte es gleich noch mal. Die Pistole war – durch den Schnee kaum gedämpft – auf den Gehweg geprallt und schlitterte in Richtung Treppenabsatz. Gefolgt von einem schweren Plumps und einem weiteren harten Aufprall. Der Weihnachtsmann, der eben noch wild mit der Pistole gestikuliert hatte, war zu Boden gegangen. Und mit dem Kinn auf die erste Treppenstufe geschlagen. Ächzend verdrehte er die Augen, dann schlossen sich seine Lider. Verblüfft starrten Jobst und Ferat den vierten Weihnachtsmann an, der sich bislang zurückgehalten hatte. In der Hand hielt er einen schweren Keramikengel, der friedlich im Blumenbeet gestanden hatte, bis sie auf den Hinterkopf des nun am Boden liegenden Santa niedergerauscht war. «So», sagte Kurt mit schwerer Zunge. «Das Großmaul raubt niemanden mehr aus. Holen wir die Polizei!»

«Die Polizei?», stöhnte Ferat und sah ihn fassungslos an.

«Wen denn sonst? Der Bedarf an Weihnachtsmännern ist ja wohl gedeckt, oder?»

Jobst zog sich die Kapuze vom Kopf und kratzte sich an der Stirn. «Ich glaube, das ist nicht mehr nötig», sagte er nachdenklich und deutete auf den Niedergeschlagenen. «Die Polizei ist bereits vor Ort.»

Entgeistert blickten drei Augenpaare hinunter auf den Weihnachtsmann, der im Schnee lag, ohne auch nur einen Mucks zu tun. Dann hoben Jobst und Ferat die Köpfe und sahen Kurt an. «Was hast du getan, Mann?», fragten sie vorwurfsvoll.

Ungläubig starrte Kurt auf den reglosen Kollegen. «Wollt ihr damit sagen, das ist nicht der Räuber?»

Im Gleichtakt schüttelten Jobst und Ferat die Köpfe. Nach kurzem Zögern beugte sich Jobst über den Ohnmächtigen, drehte ihn auf den Rücken und zog ihm den Bart unters Kinn und die Kapuze vom Kopf: Bernd Schaaf. Blut lief ihm aus einer Platzwunde an der Stirn, aber er atmete. Die Kapuze hatte den Schlag gedämpft.

«Volltreffer», sagte Jobst lakonisch. «Widerstand gegen die Staatsgewalt und Körperverletzung.»

«Scheiße, verdammte», war Ferats Kommentar.

«In diesem Fall kann ich dir nur zustimmen», sagte Jobst.

«Wow!», sagte Max, der neben seinem Vater stand.

Kerstin drängelte sich zwischen die beiden und entdeckte entsetzt den reglosen Weihnachtsmann vor ihrer Haustür. «Ist der etwa tot?»

«Keine Angst», sagte Jobst. «Nur bewusstlos.»

«Was in aller Welt fällt euch ein, schon wieder einen

Weihnachtsmann niederzuschlagen», stammelte Kerstin, «noch dazu vor Mäxchen?»

«Schon okay», winkte Max ab. «War doch halb so wild!» Er hatte sich wieder gefasst und versuchte nun, durch eine Extraportion Coolness sein peinliches Gekreische von vorhin vergessen zu machen.

«Er hat Ihren Mann bedroht», verteidigte sich Kurt.

Ferat zuckte nur verständnislos die Schultern: «Scheiße, Alter! Was macht der auch hier, ganz allein und mit der Knarre in der Hand?»

Jobst legte die Stirn in Falten und sah sich um. Nirgends ein Polizeiwagen. Kein Einsatzkommando. Nicht eine Nebelgranate, niemand, der dem Kollegen zu Hilfe kam. Alles war still. Vereinzelt trudelten Schneeflocken zu Boden.

«Er scheint wirklich auf eigene Faust unterwegs gewesen zu sein!», schloss er. Um dann zur Überraschung aller zu verkünden: «Das ist unsere Chance! Wir verschaffen ihm sein Erfolgserlebnis und ziehen gleichzeitig unseren Kopf aus der Schlinge!»

«Und das Geld?», fragte Ferat.

«Ja, eben! Was ist mit meinem Lohn?», maulte Kurt.

«Die Beute müssen wir ihm schon lassen, sonst funktioniert's nicht.»

Ferat fiel die Kinnlade herunter. «Nicht dein Ernst, Alter.»

Auch Kurt wurde ungehalten: «Soll ich als Hartz-IV-Empfänger jetzt auch noch den Staat unterstützen?»

Jobst nickte entschlossen. «Das Geld muss zurück. Sonst wandern wir in den Knast.»

«Ich glaub's nicht! Lass uns die Kohle teilen und – hadi yalla – ab über alle Berge …», schlug Ferat vor.

«Da steht sein Auto!», sagte Jobst und deutete auf die andere Straßenseite. «Ich fahre ihn zum Polizeirevier. Den Weg kenne ich ja mittlerweile ...», sagte er zähneknirschend. Dann fragte er in die Weihnachtsmannrunde: «In wessen Sack ist jetzt das Geld?»

Als Antwort bekam er nur ratloses Schweigen. Weder Ferat noch Kurt noch Jobst selbst hatten die Beute bei sich. Da schleppte Max aus dem Wohnzimmer etwas heran. «Hier ist es!», rief er fröhlich.

Doch gerade als Jobst die Beute an sich nehmen wollte, kam Ferat ihm zuvor und riss Max den Jutesack aus der Hand. Er griff hinein, zog eine Handvoll Scheine heraus und ließ sie in der Tasche seines Weihnachtsmannkostüms verschwinden. «Fahrgeld!»

Kurt tat es ihm gleich. «Trinkgeld», sagte er augenzwinkernd.

Mit unschuldigem Blick sah Max zu seinem Vater auf: «Und wie wär's mit etwas Taschengeld?»

Energisch schüttelte Jobst den Kopf. «Max, du erzählst niemandem, was du hier gesehen hast, hörst du? Nicht einmal Michi!»

«Warum denn nicht, Paps?»

«Weil Weihnachten ist. Das Fest der Geheimnisse.»

«Verstehe. Nordpol», nickte er wissend.

In dem Moment drang ein langgezogenes Hupen an ihre Ohren. «Allah!», rief Ferat aus tiefster Brust. «Wir bekommen ein Baby!»

Drei Weihnachtsmänner hetzten mit wehenden Mänteln die verschneite Straße hinab. Sie gelangten an ein Ding auf Rädern, für das die Bezeichnung ‹Rostlaube› eine hemmungslose Schmeichelei gewesen wäre. Die Scheiben waren zwar intakt, aber beschlagen. Ferat klopfte mit dem Knöchel aufs Autodach. Von innen wurde mit einem Stück Stoff ein handtellergroßes Sichtfenster freigewischt. Es hinterließ zartrote Schlieren. Große, verängstigte Augen starrten hindurch. Dann ein gedämpfter Freudenschrei, und die Tür schlug auf. «Wo warst du so lange?»

Bea warf sich in Ferats Arme und begann hemmungslos zu weinen. Die Haare hingen ihr klebrig in die Stirn. Ihre Hände waren blutverschmiert. Die Kleidung schwer von Schweiß und ebenfalls blutig. Jobst und Kurt schauten rücksichtsvoll zu Boden. Dann vernahmen sie einen dumpfen Aufprall im Schnee. Als sie aufsahen, lag Ferat ohnmächtig vor ihren Füßen.

«Das war wohl zu viel für unseren starken Mann!», stöhnte Jobst entnervt. Dann wies er Kurt an: «Los. Anpacken!»

Innerhalb kürzester Zeit hatten sie Ferat auf den Rücksitz neben seine Frau gehievt. Jobst fuhr vorsichtig an. Die Straße war glatt, der Schneefall wurde immer stärker. Der Motor schepperte und röhrte widerwillig, als Jobst aufs Gas drückte. «Hoffentlich hält er durch», bangte er.

«Klar doch», beruhigte ihn Kurt. «Ist doch bloß ein bisschen ohnmächtig geworden.»

«Ich mein doch nicht unseren Superpapa», sagte Jobst grimmig und wischte mit einem Taschentuch ein Guckloch in die Windschutzscheibe. Unter diesen Bedingungen zog er es vor, nicht ins Krankenhaus zu fahren, sondern nur bis vor die eigene Haustür. Nach wenigen Minuten waren sie angekommen. Kerstin stand bereits in der offenen Tür. Mit einem Blick erfasste sie die Lage: «Tragt sie rein!»

Die Weihnachtsmänner, die noch bei Bewusstsein waren, folgten jetzt bereitwillig ihren Anweisungen. Nachdem sie Bea ins Haus gebracht hatten, musste Bernd Schaaf aus dem Weg geräumt werden. Er nahm den freigewordenen Platz auf dem Rücksitz ein. Als Bernd auf dem durchgesessenen Polster landete, stöhnte er auf. Ferat, der – ebenfalls noch bewusstlos – neben ihm saß, stöhnte zurück. Max musterte ihn verwundert. «Was ist mit dem passiert?»

Jobst stieß Luft durch die Nase. «Dein Superweihnachtsmann kann offenbar kein Blut sehen.»

Max schwieg irritiert, und Jobst verzichtete darauf, seinen Triumph weiter auszukosten. «Kommst du zurecht?», rief er seiner Frau geschäftsmäßig zu. Schon schlitterte er um das Auto herum, um sich wieder auf den Fahrersitz zu schwingen.

Kerstin nickte, nahm Max an die Hand und auch Kurt, der sich eben davonstehlen wollte. «Dich brauche ich noch. Komm mit!»

So schnell es die eisglatten Straßen zuließen, steuerte Jobst den klapprigen Krankentransporter zum Polizeipräsidium. Seine Passagiere schienen allmählich zu erwachen. Jobst hoffte nur, dass Ferat als Erster zu sich kommen würde. Dem Polizisten einen erneuten Schlag zu verpassen, um ihn weiterschlummern zu lassen, würde er nicht über sich bringen.

Als sie vor dem Präsidium hielten, war Ferat wieder zu sich gekommen. «Wo ist Bea? Geht's ihr gut?», murmelte er und rieb sich den Kopf.

Jobst war schon ausgestiegen, hatte die hintere Tür geöffnet und zerrte an Bernds Schultern. «Mach dir keine Sorgen, hilf mir lieber!» Ferat erfasste die Situation und wurde munter. Während die beiden Bernds leblosen Körper zum Haupteingang hinaufschleppten, zischte er Jobst bewundernd zu: «Du hast Nerven! Mit der Beute aus einem Raub und einem niedergeschlagenen Polizeibeamten zum Revier fahren ... Respekt, Alter!»

Jobst wurde blass, als er darüber nachdachte. Aber dann riss er sich zusammen: «Halt keine Reden, hilf mir lieber!», zischte er.

Gemeinsam legten sie Bernd vor den Eingang und drapierten den Jutesack so unter seinen Armen, dass es aussah, als klammere er sich an sein Lieblingskuscheltier. Die Platzwunde an seiner Stirn hatte aufgehört zu bluten. Sein Kopf ruhte auf dem groben Stoff, und er schien friedlich zu schlummern.

Jobst und Ferat traten einen Schritt zurück und betrachteten ihr Werk. Ferat hob die Hände und hielt sie Jobst zum Abklatschen hin. «Alter, mit dir kann man Pferde stehlen. Sag Bruder zu mir!»

Jobst schlug ein. «Und jetzt lass uns schnell abhauen, Bruder.»

Denn Bernds Augenlider begannen bereits zu flattern. Jobst drückte die Notfallklingel. Mit wehenden Weihnachtsmänteln stürmten Ferat und er die Treppe hinunter, sprangen ins Auto und holten alles heraus, was der Motor noch hergab. Der Wagen schlingerte, wühlte sich durch die Schneedecke, röhrte auf. Das Gefährt hob vorne die Nase und ging hinten in die Knie. Beinahe sah es so aus, als wollte es zum Sprung in den Nachthimmel ansetzen, sich aufschwingen und ganz mit dem weißen Flockenwirbel, der ohne Unterlass auf die Stadt niederging, verschmelzen. Und wenn man ganz genau hinhörte, war sogar ein helles Klingeln wie von Schlittenglöckchen zu hören. So ein alter Motor konnte wirklich wunderliche Geräusche machen ...

Bernd saß eine Weile lang still da, hielt den Sack in den Händen und war glücklich. Schneeflocken fielen auf den groben Jutestoff und schmolzen allmählich zu einem größer werdenden, dunklen Fleck. Bernd wusste, auch ohne nachzuschauen, was in dem Sack war. Wenn er die Finger leicht zusammenpresste, raschelte es.

Plötzlich schwenkte die Tür auf, und ein Schwall warmer Heizungsluft umwehte ihn. Ingo, Ulf und – mit etwas Verzögerung – auch Steffen warfen einen düsteren Blick gen Himmel und traten nach draußen. Mit den Armen klopften sie ihre Oberkörper warm, während sie sich um Bernd scharten. «Mensch, was machst du denn hier draußen? Noch dazu im Kostüm?»

Steffen packte Bernd an den Schultern und schüttelte ihn. «Wie oft soll ich dir noch sagen: Es gibt heute keine Bescherung mehr!»

Bernd lächelte verklärt.

Ulf deutete auf den Sack in Bernds Armen, in dessen Öffnung jetzt einige Geldscheine sichtbar wurden. «Seht mal! Er hat das ...!»

«Das was?», fragte Steffen missmutig.

«Das Geld aus dem Überfall», vollendete Ingo.

«Woher das denn?», fragte Steffen und stemmte die Fäuste in die Hüften. «So viel Schwein kann man doch gar nicht haben!»

«Es war kein Glück», antwortete Bernd. «Es waren kluge Gedanken. Überragende Kombinationsgabe. Alles, wovon du niemals auch nur den Hauch einer Ahnung haben wirst.» Er hob den Kopf und sah Steffen herausfordernd an. Der grunzte abfällig und riss Bernd den Sack aus den Händen. Er warf einen Blick hinein und stellte beinahe enttäuscht fest: «Tatsächlich, die Beute. Na ja, und wenn schon ...» Gespielt gleichgültig, reichte er den Sack an Ulf weiter.

«Was heißt hier ‹und wenn schon›? Ich werde mich beim Betrugsdezernat bewerben. Und die werden mich mit Kusshand nehmen», verkündete Bernd zutiefst entschlossen.

Schnaubend vor Wut, wandte sich Steffen ab und ging zurück ins Gebäude. Bernd schlug innerlich Purzelbäume. Ulf und Ingo halfen ihm auf und klopften den Schnee von seiner Kutte.

«Ihr werdet sehen», beteuerte Bernd, «ich geh zum Betrugsdezernat!»

«Nach diesem Coup hast du jedenfalls gute Karten», nickte Ulf.

«Falls Steffen die Sache nicht doch noch als sein Baby verkauft», wandte Ingo ein.

«Das wird er nicht wagen.» Bernd blickte fragend von Ingo zu Ulf und wieder zurück. «Oder meint ihr doch?»

Die beiden senkten betreten den Blick.

«Okay, er wird es wagen!», sah Bernd ein. «Aber man wird ihm nicht glauben. Ihr seid doch auf meiner Seite, oder?»

Ulf und Ingo warfen sich einen kurzen Blick zu. Dann hielten sie Bernd die Hände hin. Der schlug ein. «Na klar!», sagte Ingo. «Auf wessen Seite denn sonst?» Ulf nickte zustimmend, und in diesem Moment strahlten Bernds Augen heller als die Weihnachtsbeleuchtung der ganzen Stadt.

Ganz vorsichtig drehte Jobst den Schlüssel im Türschloss. Himmlische Stille lag in der Luft. Über der Straße und dem Haus der Bethmanns war die Wolkendecke aufgebrochen und gab den Blick auf das kristallklare Firmament frei. Nichts erinnerte daran, dass hier noch vor ein paar Stunden Schüsse gefallen und Nebelgranaten explodiert und Sturmstiefel über Christbaumkugeln gestampft waren.

Auch im Haus war alles ruhig. Ferat und Jobst schlüpften durch den Flur. Die Heilige Nacht war weit vorgerückt, und sie wollten niemanden aufwecken. Sachte drückte Jobst die Klinke herunter und öffnete die Wohnzimmertür einen Spalt. Kerzenschein fiel ihnen entgegen, tauchte ihre Gesichter in samtenes Licht. Aus den Lautsprechern erklang ‹Ein Kindlein ist geboren›. Es war, als schwebte ihnen eine Schar Engel entgegen.

Jobst und Ferat traten ein. Im Kamin flackerte und prasselte es, und die Bienenwachskerzen verbreiteten einen festlichen Geruch. Seelenwärme erfüllte den Raum. Auf dem Sofa, in Wolldecken gehüllt, lag Bea. Ihre dunklen Haare umrahmten ihr blasses, erschöpftes Gesicht, doch in ihren Augen lag ein überirdisches Strahlen. Sie trug ein Hemd, das Ferat nicht kannte. Mit unsicheren Schritten trat er auf sie zu. Der spitzenbesetzte Saum des Hemds – sicherlich eine Leihgabe von Kerstin – war auf einer Seite heruntergezogen und entblößte Beas samtig schimmernden Brustansatz. Ferat drängte sich vor sie, denn er hatte Sorge, dass Jobst einen Blick auf seine Freundin erhaschen könnte. Doch dann entdeckte er das faustgroße Köpfchen, das gegen den Busen gepresst war. Und als er genau hinhörte, vernahm er ein schneeflockiges Schmatzgeräusch. Ferat ging vor dem Sofa auf die Knie und küsste das Baby auf den Hinterkopf. «Dein Sohn», sagte Bea feierlich. Fassungslos sah Ferat sie an. Es gelang ihm gerade noch, sein Gesicht in die Decken zu pressen, bevor die Freudentränen aus seinen Augen schossen.

«Ein hartes Stück Arbeit, du glaubst es nicht», sagte Kurt wenig später schmatzend vom Tisch her. Ferat drückte erneut seine Lippen auf das kleine Köpfchen mit dem schwarzen Flaum. Immer wieder streichelte er Beas Wange. Dann erst, als das Schmatzen in seinem Rücken unerträglich wurde und sein Magen knurrend zu antworten begann, konnte er sich vom Anblick des kleinen Wunders losreißen.

Am notdürftig gedeckten Tisch saßen Kerstin und Kurt und ließen sich die Gans schmecken. Weil dem SEK-Einsatz auch das Festtagsgeschirr zum Opfer gefallen war, hatte Kerstin die Klöße und das Sauerkraut, das den Rotkohl ersetzte, in Töpfen serviert. Gespeist wurde von Papptellern. Jobst setzte sich dazu. Er hatte eine Flasche Wein aus dem Keller geholt und winkte Ferat heran. «Komm, setz dich zu uns!»

Ferats Finger waren immer noch mit denen von Bea verflochten. Sie löste ihre Hand und schob ihn vorsichtig vom Sofa. «Geh nur! Unser Sohn lässt es sich schließlich auch schmecken.»

Die Schmatzgeräusche der winzigen Lippen waren herzerweichend. Er würde sie mit dem Handy aufnehmen – als Klingelton. Und Rudolph, das rotnasige Rentier, in Rente schicken.

«Komm her, mein Bruder! Du musst doch Hunger haben!», forderte Jobst ihn erneut auf.

Ferat näherte sich zögernd. «Ist da auch kein Schwein drin?»

Jobst zerstreute die Bedenken mit einer Handbewegung. «Keine Sorge, es gibt nur Gans. Und außerdem: So viel Schwein, wie du heute hattest, wird dir dein Prophet sowieso niemals verzeihen.»

Max spielte in der Nähe des Kamins, wo es mollig warm war. Er hatte schon zu Ende gegessen. Und überhaupt: Gans und Knödel, ja selbst Geschenke – an diesem Tag war all das getrost zu vernachlässigen. Es hatte größere, bedeutendere Gaben gegeben. Und einige davon hatten einen tiefen Eindruck hinterlassen.

Er war Zeuge der Geburt eines Kindes geworden. Eines echten Weihnachtskindes. Er war näher dran gewesen als damals in Bethlehem der Esel an der Krippe. Seine Freunde würden Augen machen, wenn er ihnen davon erzählte. Von der Klassenlehrerin ganz zu schweigen! Und ganz nebenbei hatte er verstanden, dass der Wunsch nach einem Brüderchen nicht so leicht zu erfüllen sein würde, wie er sich das vorgestellt hatte. Nun musste Max nur noch das Rätsel lösen, wie das, was aus der Frau herauskam, vorher in sie hineingekommen war. Nach dem, was er gesehen und gehört hatte, war er sich jedenfalls ganz und gar nicht mehr sicher, ob er so etwas von seiner Mama verlangen wollte ... Jedenfalls würde er nicht mehr danach fragen. Oder quengeln. Quengeln war sowieso nur was für Babys. Und er war weiter davon entfernt, ein Baby zu sein, als er es sich hätte träumen lassen. Dessen wurde er sich mit jedem Blick hinüber zum Sofa immer deutlicher bewusst.

Auch Max hatte dem kleinen Christkind über das Köpfchen gestreichelt. Es roch gut. Und das Krächzen, wenn es nach der Brust der Mutter verlangte, war süßer als jede Weihnachtsmusik.

Als die Stimmung der Erwachsenen am Tisch ausgelassener wurde, zog Max ein großes Paket unter dem Weihnachtsbaumgerippe hervor und überreichte es seinem Vater. «Das hätte ich fast vergessen, Paps!»

Jobst zog seinen Sohn zu sich heran und küsste ihn aufs Haar. Er zerriss das Papier, öffnete die große Pappschachtel und zog ein Paar Gummistiefel heraus. Nicht in Rot – sondern in Olivgrün. Größe 46. Jobst brauchte einen Moment, bis sich ein Lächeln auf sein Gesicht schlich. Die roten Stiefel hatten endgültig ausgedient. Ferat lachte und biss in die Gänsekeule. Kurt prostete ihm mit Wein zu. «Auf die Kinder!»

«Auf Weihnachten!», prostete Ferat zurück und hob sein Glas Cola.

Auch Jobst und Kerstin hoben die Gläser.

«Auf Brüderchen Christkind!», seufzte Max, und seine Eltern warfen sich einen verstohlenen Blick zu.

Bevor Max dann doch irgendwann ins Bett musste, lagerten er und sein Vater noch bäuchlings vor der Krippe. Sie wunderten sich zwar über das spurlose Verschwinden des heiligen Paares mitsamt Jesuskind. Doch bei all dem, was an diesem Abend schon auf die eine oder andere Art verlorengegangen war, fiel die Abwesenheit von vier Krippenfiguren (der Esel fehlte auch) nicht weiter ins Gewicht.

Wieder und wieder erzählten sich Vater und Sohn die Ereignisse des Tages, und beiden war klar, dass man sich an dieses Weihnachtsfest auch noch in zwanzig oder dreißig Jahren erinnern würde. Kerstin war mit Ferat im Obergeschoss, um der frischgebackenen Familie ein Gästebett herzurichten. Da Bea noch schwach war, hatte Kerstin ihr und Ferat angeboten, die Weihnachtstage im Haus der Bethmanns zu verbringen – beziehungsweise in dem, was davon übrig war.

Kurt war aufgebrochen, nachdem Kerstin ihm einen kleinen Wein- und Likörvorrat sowie die Reste der Gans als Proviant eingepackt hatte. Er versprach, von nun an jedes Jahr bei den Bethmanns den Santa zu spielen. Max hatte im Gegenzug eingewilligt, ihn als Dauerweihnachtsmann zu akzeptieren und keine unangenehmen Fragen mehr zu stellen.

Stattdessen stellte Jobst eine Frage, die ihn schon längere Zeit beschäftigt hatte. «Max?»

«Mmm», sagte Max.

«Als du Ferat die Pistole gegeben hast ...» Jobst hielt inne, denn der Schmerz in der Brust nahm ihm die Luft.

«Ja? Was, Paps?»

«Hattest du ... hattest du keine Angst, dass er ... mich erschießen könnte? Ich meine ...»

Max setzte sich grinsend auf und suchte etwas in seinen Hosentaschen. In der Gesäßtasche wurde er fündig. Ein länglicher, schwarzer, metallisch blitzender, etwa zweifingerdicker Barren. So etwas kannte Jobst nur aus Filmen: ein Magazin.

«Nein», sagte Max, «hatte ich nicht. Sie war nicht geladen. Nicht mehr.» Er warf den Metallbarren vor sich auf den Boden. Schwer polterten die Patronen auf dem Parkett. Widerwillig nahm Jobst das Ding an sich. Dann umarmte er fest seinen Sohn. Nach einer Weile löste er sich wieder von ihm und betrachtete ihn stolz. «Ich glaube, morgen wird ein Anruf bei Opa fällig.»

Max grinste. Dann entdeckte er das kleine, hölzerne Lamm, das Jobst statt des Jesuskindes in die Krippe gelegt hatte. Er nahm es heraus und drehte es in den Fingern. «Paps», sagte er, während er es von allen Seiten betrachtete. «Ich glaube, ich habe jetzt den Sinn der Weihnachtsgeschichte verstanden.»

«Tatsächlich?», sagte Jobst und drehte den Kopf. «Und der wäre?»

«Wenn es am Heiligen Abend an der Tür klingelt, muss

man unbedingt öffnen. Sonst läuft man Gefahr, etwas wahnsinnig Aufregendes zu verpassen! Ein Wunder, zum Beispiel.»

Jobst nickte versonnen.

Max legte die Figur in die Krippe zurück. «Und wenn man den Heiligabend mit jemandem verbracht hat», fragte er, «ist es doch fast so, als ob dieser Jemand zur Familie gehört, oder?» Erwartungsvoll sah er seinen Vater an.

Jobst warf einen Seitenblick hinüber zum Sofa, wo Bea mit dem Kind an der Brust schlief. «Schon, ja», sagte er.

«Können wir dann nicht irgendetwas für Bea und Ferat tun? Jetzt, wo sie unsere Freunde sind? Ich meine ... dein Beruf ist es doch, anderen Freude zu machen. Das sagst du jedenfalls immer.»

Jobst atmete tief durch. «Findest du denn nicht, dass wir schon sehr viel für sie getan haben?»

Max legte skeptisch den Kopf zur Seite.

«Von Berufs wegen kann ich da leider gar nichts machen», wiegelte Jobst ab.

Max nickte zögernd, dann setzte er nach: «Aber Mami? Könnte sie Ferat nicht einen Job besorgen? Er ist so ein prima Kumpel – und hat doch einiges auf dem Kasten!»

«Hmm, ich weiß nicht.» Jobst zog nachdenklich eine Augenbraue hoch. Tief in seinem Magen spürte er ein Grummeln. Das altbekannte Gefühl der Eifersucht wollte wieder in ihm aufsteigen.

Aber Max sah ihm fest in die Augen. «Bitte, Paps, weil Weihnachten ist ...»

«Du hast recht!» Jobst legte seinem Sohn den Arm um die Schultern. «Heute ist Weihnachten ...»

«So schön war es noch nie, Paps!»

Zuerst schüttelte Jobst innerlich den Kopf bei dem Gedanken an den Verlauf des Abends. Doch je länger er darüber nachdachte, desto mehr musste er Max zustimmen.

Oben im Gästeschlafzimmer reichte Kerstin Ferat die Bettwäsche. «Einfach über das Federbett streifen.»

«Ich?», fragte Ferat überrascht.

«Wer denn sonst?», fragte Kerstin zurück. «Immerhin habe ich deinem Sohn auf die Welt geholfen. Was meinst du, wie kaputt ich bin!»

Widerwillig nahm Ferat die Zipfel des Stoffbezugs in die Hand und versuchte, Kerstins Anweisungen umzusetzen. Nach einigen vergeblichen Anläufen ließ er den Knäuel aus Stoff und Daunen entnervt aufs Bett fallen. «Das ist einfach keine Arbeit für Männer.»

«Jaja, Kindermachen ist das Einzige, was ihr könnt», bemerkte Kerstin lachend und lehnte sich ein wenig zur Seite, um den jungen Mann zu begutachten. Ferat hatte inzwischen das Kostüm ausgezogen und gegen eine Jeans und ein T-Shirt eingetauscht, die Jobst schon seit Jahren nicht mehr passten. Ferat hingegen machte darin eine ausgesprochen gute Figur. Das enge Shirt brachte seinen athletischen Oberkörper bestens zur Geltung, und der Anblick dessen, worüber sich der Jeansstoff unterhalb der Gürtellinie spannte, brachte Kerstin auf eine Idee: «Hast du eigentlich schon mal als Model gearbeitet?»

«*Germanys next Topmodel*, oder was?», fragte Ferat irritiert.

«Nicht ganz. Ich dachte da eher an die Frühjahrskollektion meiner Firma. Wir suchen immer gutaussehende, junge Männer.»

«Männer als Models?» Ferat schüttelte verständnislos den Kopf. «Was für eine Firma soll das denn sein? Doch nicht schwul oder was?»

Kerstin lachte, nahm ihm das Bettzeug aus der Hand und begann, es über das Kissen zu schütteln. «Herrenunterwäsche. Da sind knackige Hintern gefragt.»

«Du meinst, ich brauch bloß meinen Arsch in die Kamera zu halten und werde dafür auch noch bezahlt?»

Kerstin lachte. «So könnte man es ausdrücken.»

«Maschallah! Was muss ich tun?»

«Ihn herzeigen. Mehr nicht.»

«Alter!» Ferat schüttelte fassungslos den Kopf. Dann nahm er Kerstins Gesicht in beide Hände und drückte ihr einfach einen Kuss auf die Lippen.

Weit nach Mitternacht kehrte Ruhe im Haus ein. Jobst und Kerstin lagen eine Zeitlang andächtig nebeneinander im Bett. Dann drehte sich Kerstin zu Jobst um und stützte ihren Kopf auf die Hand. «Ich wüsste schon ein Weihnachtsgeschenk für Max», flüsterte sie. «Für nächstes Jahr.»

Jobst hob erwartungsvoll den Kopf. «Wirklich? Ist das nicht ein bisschen früh?»

«Kein bisschen.» Sie zögerte. «Allerdings ist es keines, das man in einen Sack stecken kann.»

«Ein Glück», seufzte Jobst erleichtert. «Ehrlich gesagt, habe ich von Säcken jeder Art die Nase voll.»

Kerstin schwieg.

«Na, nun rück schon raus damit!», sagte Jobst schließlich. «Was sollen wir ihm schenken?»

Kerstin legte ihm den Finger auf die Lippen und schmiegte sich an ihn. «Es muss bestellt werden. Aber man muss sich ganz sicher sein, dass man es auch will. Denn der Umtausch ist ausgeschlossen.»

In dem Moment schrie im Nachbarzimmer der kleine Max Bülent auf. Der Name war zwar noch etwas gewöhnungsbedürftig, aber Ferat war sich seiner Sache ganz sicher gewesen. Und nach einigem Zögern hatte auch Bea eingewilligt. Mit der Zeit würde sich zeigen, welcher Namensteil sich durchsetzt, hatte sie gesagt.

«Hmm», brummte Jobst. «Lieferzeit neun Monate?»

Kerstin nickte. «Aber es ist nicht immer gleich lieferbar. Man müsste sich also ranhalten mit der Bestellung.»

Am Weihnachtsmorgen lag die Stadt unter einer hohen Schneedecke. Wege und Straßen, Dächer und Parks – alles war in den letzten Stunden der Nacht noch einmal gründlich mit einer Puderschicht überzogen worden. Selbst die Straßenlaternen trugen dicke weiße Mützen. Es war windstill, und die Menschen genossen die Ruhe, die der Schnee und die Feiertage ihnen verordnet hatten. Kaum ein Auto war auf den Straßen unterwegs. Beinahe konnte man den Eindruck gewinnen, als wolle niemand die weiße Pracht zerstören.

Nur Kurt war schon seit den frühen Morgenstunden auf den Beinen. Zunächst war er mit einem alten Pappkarton durch seine Wohnung marschiert und hatte alles, was nur entfernt nach Alkohol aussah, hineingesammelt. Klirrend stießen die Flaschenhälse gegeneinander – so als wollten sie gegen ihr Schicksal protestieren. Doch Kurt hatte sich entschlossen und ließ keine Widerrede zu. Sogar seine geliebten Kirschlikörpralinen landeten in dem Karton. Dann warf er ihn – so wie er war – in den großen Müllcontainer im Hinterhof. Weg mit den Feiglingen! Zufrieden klatschte er in die Hände. Als Nächstes würde er die Wohnung aufräumen. Der Plan für diesen ersten Weihnachtstag stand fest. Energisch und mit tiefen Atemzügen stieß Kurt Wölkchen in die Luft. Sie machten ihm Freude. Wie ihm überhaupt alles an diesem Morgen Freude bereitete. Und wenn die Wohnung hergerichtet war, würde er einen Plan für den Rest seines Lebens schmieden. Kurt musste lachen und schüttelte verwundert den Kopf. Gestern war nicht nur der kleine Max Bülent mit seiner Hilfe zur Welt gekommen. Gestern, und das begriff Kurt erst in diesem Moment, war auch ein neuer Kurt geboren worden. Ein Kurt, der das Gefühl wiederentdeckt hatte, wie es ist, gebraucht zu werden. Und er wurde gebraucht. Suchten sie im Jobcenter nicht Altenpfleger? Händeringend? An Heiligabend konnte er ja dort den Weihnachtsmann spielen. Gelernt ist gelernt.

Romy saß am Fenster ihrer Wohnung und schlürfte eine Tasse Tee. Verträumt starrte sie hinaus in den Schnee, der die dreckigen Teerdächer vor ihrem Fenster in eine glitzerweiße Feenlandschaft verwandelt hatte. Konnte diese dreckige Welt nicht märchenhaft sein, wenn nur jemand mit dem Finger schnippte? Sie zog ihre Knie heran und stellte ihre nackten Fersen auf die Stuhlkante. Der Tee verbreitete eine wohlige Wärme in ihrem Bauch. Sie löste sich von dem zauberhaften Anblick vor ihrer Fensterscheibe, und ihr Blick fiel auf das Kunststoffweihnachtsbäumchen auf dem Tisch. Die bunten Birnchen leuchteten zaghaft im ersten Tageslicht. Gestern Nachmittag noch hatte Romy geglaubt, es sei das grässlichste Weihnachtsfest ihres Lebens. Und heute stellte sich heraus, dass es das schönste war. Ein Wunder. Wunderbarer noch als das Ende von *Notting Hill*.

«Romy», rief eine Stimme schlaftrunken aus dem Zimmer nebenan.

Lächelnd stellte Romy die Teetasse auf den Tisch, schlüpfte vom Stuhl, ließ ihr Nachthemd über die Knie rutschen und lief hinüber.

«Wo warst du?», fragte der unrasierte, heißgeliebte Schuft von Exfreund in ihrem Bett.

«Ich habe mir einen Tee gemacht.»

«Wirklich? Du warst so lange weg.»

«Ach was. Ein paar Minuten bloß. Möchtest du auch einen?»

«Nein, um Gottes willen!»

«Magst du keinen Tee?»

«Das nicht ...» Mike zögerte. Dann atmete er tief durch. «Ich kann es nur nicht ertragen, schon wieder ohne dich zu sein.»

Mit einem Juchzen warf sich Romy auf Mike und bedeckte sein Gesicht mit Küssen.

Bernd schüttelte den Kopf. Fassungslos starrte er auf den Bericht, den Steffen ihm eben, frisch ausgedruckt, auf engen Zeilen und einem einfachen DIN-A4-Blatt unter die Nase hielt. Er hatte die Zeilen einmal überflogen und konnte es nicht glauben. Deshalb las er ein zweites Mal. Dann sprang er auf, dass der Stuhl hintenüberkippte, und fiel seinem Vorgesetzten um den Hals.

«Na, nun werden wir mal nicht kindisch vor lauter Freude, was, Bernd?»

Er versuchte, so hart zu klingen wie immer, doch wehrte er sich nicht gegen die Umarmung.

«Aber … wieso?», stammelte Bernd.

«Weil Weihnachten ist?» Seine Antwort sollte ironisch sein. Aber Steffen schien sich selbst nicht sicher zu sein.

Bernd löste sich von ihm und trat einen Schritt zurück. «Danke, Chef!», sagte er feierlich.

Steffen nickte, dann wandte er sich rasch ab. «Mach uns bloß keine Schande beim Betrugsdezernat», sagte er noch. Und beeilte sich, den Aufenthaltsraum zu verlassen.

«Bestimmt nicht, Chef», sagte Bernd. Er wollte die ausgesprochen vorteilhafte Beurteilung noch einmal lesen, doch es ging nicht. Seine Hände zitterten zu stark.

Auf der Terrasse des Bethmann'schen Gartens war ein großes Quadrat in den Schnee geschaufelt. In seiner Mitte leuchtete ein Häuflein aus rotem Stoff mit weißem Pelzbesatz. Der Spiritus stank zum Himmel, Jobst hatte die ganze restliche Flasche darauf ausgeleert. Mit der Schneeschippe schob er den Haufen noch einmal zusammen. Energisch riss er ein Streichholz an. Wartete, bis die Flamme groß genug war, und warf es in hohem Bogen auf den Haufen. Im nächsten Moment loderte das Kostüm auf. Jobst und Max traten einen Schritt zurück und betrachteten den Rauch, der bald in dichten, schwarzen Schwaden gen Himmel stieg. Vereinzelte Flocken trudelten durch den Qualm und schmolzen, lange bevor sie die Flammen erreichten.

Max lief zurück ins Haus. «Ich hab noch was vergessen», rief er.

Während Jobst wartete, stützte er sich auf den Stiel der Schneeschaufel. Seine Gedanken schweiften ab, zu Kerstin, die noch oben im warmen Bett lag. Am liebsten würde er gleich wieder zu ihr schlüpfen und die Geschenkbestellung der letzten Nacht noch einmal aufgeben.

Da stand Max wieder neben ihm. Ehe Jobst es verhindern konnte, warf er einen ganzen Arm voller Spielzeug- und Wasserpistolen in die Flammen. «Die brauche ich nicht mehr», sagte Max ernst und sah Jobst von unten herauf an. «Stimmt's Paps?»

Jobst musste schmunzeln. «Stimmt, Max», sagte er. «Du bist jetzt groß und vernünftig.»

Max wuchs innerlich um einige Zentimeter. «Danke, Paps.»

Stolz betrachtete Jobst seinen Sohn von der Seite. «Darf ich denn trotzdem noch Mäxchen zu dir sagen?»

Max zögerte einen Moment. Dann nickte er. «Von mir aus», sagte er großzügig. «Aber nur an Weihnachten.»

«Was zum Teufel macht ihr denn da?», rief plötzlich eine vertraute Stimme von hinten aus dem Wohnzimmer. In Unterhose, mit blankem, dunkel behaartem Oberkörper stand Ferat in der Terrassentür. Sofort schlang er die Arme um die nackte Brust, es war empfindlich kalt. Jobst und Max, beide dick vermummt, grinsten ihn an.

«Na was schon ...», setzte Jobst an, und Max vollendete den Satz: «Wir verbrennen dieses blöde, stinkende Kostüm.»

Ferat schüttelte entgeistert den Kopf. «Seid ihr wahnsinnig? Wir brauchen das Kostüm – für nächstes Jahr!»

Jobst winkte ab und wollte es erklären, doch Ferat fiel ihm ins Wort: «Nicht für Max. Aber für Max Bülent. Er soll schließlich auch Weihnachtsgeschenke bekommen!»

Bedauernd deutete Jobst auf den brennenden Haufen, der mehr und mehr in sich zusammensackte. «Zu spät.»

«Und was machen wir jetzt?» Ferat schien wirklich verzweifelt.

Jobst zuckte mit den Schultern. «Ich schenke dir ein neues. Nächstes Jahr. Zu Weihnachten. Du hast noch ein bisschen Zeit ...»

Damit schien sich Ferat zufriedenzugeben. Vielleicht war es ihm auch einfach nur zu kalt in der Tür. Jedenfalls zog er sich ins Zimmer zurück.

«Heißt das», fragte Max, «wir feiern nächstes Jahr alle zusammen?»

Jobst nickte lächelnd. «Ich dachte, ich biete ihnen an, dass ich der Patenonkel des Kleinen werde. Wobei ich natürlich nicht weiß, ob Ferat weiß, was ein Patenonkel so zu tun hat.»

«Macht nichts», sagte Max entschlossen, «ich werde es ihm erklären.»

Sie lachten. Jobst breitete die Arme aus, und Max stürzte sich mit Wonne hinein. So standen sie eine Weile stumm, schauten glücklich in die Flammen, und vor ihnen stieg der Rauchfaden, dünner und dünner werdend, in den winterklaren Himmel.

DER AUTOR DANKT – stellvertretend für die zahlreichen lieben Kollegen und Mitmenschen, die dieses Buch mit Anregung, konstruktiver Kritik und Ermunterung unterstützt haben – Hülya und Moritz Netenjakob. Ohne sie wäre es nie geschrieben worden.